I0652543

TU
YOU
TOI

Alberto Campos Carlés

cuentos

fotograf a de contratapa: Silvina Ocampo.

1a. Edición 1999 by Alberto Campos Carles / Editorial Argenta Sarlep S.A. - ISBN 950-887-143-1
2a. Edición by Alberto Campos Carlés - stockcero.com - ISBN 987-43-4990-5
Libro de Edición Argentina

A la memoria de mi padre,

quien en el año 1966 me acercó, con natural familiaridad, a Silvina Ocampo y Bioy Casares.

Entonces, y con singular paciencia, Silvina asumió la tarea de orientarme para corregir, una y otra vez, las cuartillas que asomaban como "mis originales".

Una vez, luego de una minuciosa sesión, me pidió una idea para un cuento. Se la di, pero antes de desarrollarla la olvidó.

Al tiempo me la reclamó, pero no la pude repetir, vuelta ya al laberinto abigarrado del material que circulaba por mi mente en esa época. Al leer "El Espantapájaros" se entusiasmó y creyó reconocerla. No era ésa la idea, pero nunca me atreví a contradecirla.

Ahora tengo la certeza de que está aquí, entre todo este material elaborado y decantado por décadas de trabajo. Confío en que el amable lector me ayude a develar la incógnita, para no llegar demasiado tarde con la respuesta a quien fuera mi querida y generosa mentora.

A. C. C.

CON EL BEBE

El bebé que quiere jugar tiene la mirada puesta en mí constantemente. Para entretenerlo, vacilo entre ser espontáneo -y alguna vez sentirme caer en el ridículo- o estudiar mis movimientos y mi voz para desempeñar el rol profesionalmente, como si fuera del oficio.

Pronto compruebo que el bebé se divierte con cualquier cosa. Pero pasa del asombro a la risa, y de ésta al llanto inminente con suma rapidez. Me doy cuenta que, a pesar de mis mejores intenciones, más que entretenerlo, lo confundo. Soy demasiadas «cualquier cosa» juntas.

EL RIESGO

He decidido correr el riesgo y cruzar el río. La corriente es fuerte y hay remolinos en el medio, pero no importa. Vale la pena intentarlo. Desgraciadamente, en esta orilla no hay ni un pedazo de madera con el cual construir algo que flote. No hay árboles y el sol me calcina. Solamente me acompañan unos retorcidos espinillos que crecen milagrosamente entre las piedras. Intenté cortarlos para encender fuego y me destrocé las manos. Ya no tengo comida, y mis fuerzas no son las mismas de antes. Y no puedo comer pescados crudos. Les tengo un profundo asco.

Inspeccioné el río en busca de una parte más estrecha. Pero el ancho es igual, a lo largo de kilómetros. El riesgo será el mismo por cualquier sitio.

He cruzado y estoy muy cansado. El esfuerzo fue agotador. Tomé agua en gran cantidad y dormiré unas horas en esta orilla, que es exactamente igual que la opuesta.

El hecho de que ambas orillas sean desoladas, no me deprime. Mañana cruzaré nuevamente. Y pasado mañana también. Hasta que me acostumbre. Y comeré pescados crudos, que ya no me darán asco. Aprenderé a nadar como los peces, con naturalidad, y no me detendré hasta respirar en el agua.

EL GRAN OJO

Sólo mis dos ojos reflejan fielmente mi forma de ser, mi vitalidad, mi destino. Ellos deberán prolongarse: hacia arriba y hacia abajo. Ampliarse hacia ambos lados, hasta reflejarme con absoluta fidelidad. Reflejarme ante el mundo e íntimamente ser, de una manera acabada, lo que nunca imaginé llegar a ser: El Gran Ojo.

Si me transformara en El Gran Ojo, sería despreciado por la mayoría de mis semejantes. Creo que dejaría de pertenecer a mi raza. Y entonces me convertiría en un extraño reptil, cuya cabeza transparente como un vidrio sería un hermoso y codiciado trofeo de caza. De todos modos, quiero ser El Gran Ojo, aunque lograrlo acarree mi muerte.

Me despierto cuando una bala desparramaba el jugo traslúcido de mi cabeza, después de una feroz persecución. Un sudor helado me cubre la piel. Corro hasta el baño y compruebo frente al espejo que mis ojos permanecen en sus órbitas normales. Entonces, involuntaria e inevitablemente, mis manos ascienden hasta las comisuras de los párpados. Y me arranco la piel de la cara, de un tirón, como si fuera una máscara.

DESDE LA CARCEL

Desde que llegó a la cárcel, donde pasaría los largos años de su condena, Mariano se dedicó a observar con minuciosidad los más pequeños detalles de los escasos objetos que lo acompañaban. A raíz de esta actividad un día descubrió, utilizando un banquito de madera (cuyo asiento de esterilla compuso con sus hábiles dedos no bien se estableció en lo que sería largamente su hogar), que lo que él veía era sólo una parte del objeto y que parecía imposible envolverlo con la vista hasta captarlo por completo. Siempre existía un «lado de la sombra» que resultaba infranqueable. Se ayudó con el tacto; intentó ampliar la visión con un pequeño espejo que obtuvo clandestinamente, hasta que por fin comprendió que no podría abarcar al banco en su totalidad a través de los sentidos.

«Lo imaginaré», se dijo una noche a sí mismo. «Buscaré en él todos los detalles que necesite y se los robaré uno a uno. Entonces lo rodearé hasta que aparezca íntegro en mi mente», y luego agregó con énfasis: «sé que cuando lo logre, algo sucederá. Lo sé, lo sé; lo siento aquí», y se golpeaba el pecho con una extraña vehemencia, que no condecía con su habitual temperamento.

Tras largas y agotadoras sesiones, una tarde

logró percibir al banco tal cual era. Simultáneamente, pensó en su función, y en ese preciso instante el banco se iluminó, para luego desaparecer en el aire.

Cuando abrió los ojos se quedó estupefacto. Había supuesto que algo ocurriría, pero no eso, precisamente «eso». Las posibilidades que se abrían ante él parecían infinitas... Abstraído en sus cavilaciones, volvió a sorprenderse cuando de súbito el banco reapareció en su presidiaria realidad. Entusiasmado, se dedicó casi ininterrumpidamente a conocer uno por uno a todos los objetos que se encontraban en su celda. Logró que la mayoría cambiara de realidad (la cama y el colchón no le respondieron, debido tal vez a un exceso de tamaño). Nunca pudo descubrir la causa por la cual -ni desde dónde- reaparecían. Pero logró percatarse de que el tiempo que tardaban en regresar desde que abría los ojos, nunca fue menor del minuto y medio, aunque el máximo variaba extremadamente -un zapato lo sorprendió casi cuatro horas después, cuando ya lo daba por perdido.

Pero, al cabo de un tiempo, esa práctica perdió el interés inicial, pues no lograba superar un buen acto de prestidigitación -acto que por momentos podía dominar, pero que no alcanzaba a comprender en su intimidad-. Entonces, el encierro aparecía ante Mariano siniestro, abrumador, representado por esas cuatro paredes grises que parecían avanzar sobre él para aplastarlo con su constante y progresiva presión -presión que sólo en una de ellas se aliviaba-. Llegó, por lo tanto, el momento en que quedaron como referencia ineludible, los barrotes que bloqueaban la ventana. Ellos le confirmaban, cotidianamente, la imposibilidad de escapar, pues estaban allí para que no pudiera salir. Paradójicamente, sólo dejaban pasar la excesiva presión del encierro, alimentando, a su vez, la creciente ansiedad de Mariano.

Muchos intentos realizó para hacerlos desaparecer, pero fracasó una y otra vez. Al abrir los ojos, encontraba siempre a los barrotes en su rígida actitud. Parecían inconmovibles. Empotrados en la pared, pensó que fallaba en el cálculo exacto de sus dimensiones. «Pueden estar metidos tanto diez centímetros como dos metros», pensaba con desesperación, «y es más fácil conseguir el indulto que acertar con las medidas... »

Casi agotado mentalmente, una noche tuvo el siguiente sueño: Había cumplido la condena y era libre. Caminaba hacia el pueblo, alejándose de media vida en prisión, cuando de pronto se sentía invadido por una indecible angustia. Se detuvo y, en ese momento, empezó a despertarse. Poseído por un estado de conciencia crepuscular, abrió los ojos hacia la penumbra de la celda.

Afuera, amanecía. Volvió al sueño y entonces, siguiendo un impulso incontenible, desvió su camino, dirigiéndose hacia la cárcel. Allí miró hacia el primer piso, donde se destacaban los barrotes de su celda, que reflejaban con regular intermitencia a la intensa luz solar. Al verlos desde afuera, comprendió que también estaban *para que no pudiera entrar*.

Esta visión fue tan nítida como la anterior; se midieron ambas, para luego fundirse en una sola.

Despertó. Estaba empapado en sudor; sus músculos temblaban y algo golpeaba con violencia dentro de su pecho y en las sienes. La luz del sol ya se adivinaba a través de la ventana; a través de una ventana sin barrotes, cuyos muñones brillaban con una extraña fosforescencia. No esperó ni medio minuto a que lo sorprendiera otra realidad. Se trepó ágilmente al pequeño marco de piedra, saltó hacia la calle y escapó.

LA DIFERENCIA

Ya las vicisitudes del curso de ingreso quedaron atrás, junto con el bachillerato. Ahora Julio es un alumno de la facultad, que usa guardapolvo, posee libreta universitaria y está demasiado ocupado con sus prácticas de anatomía como para mirar a los que se amontonan con ropa de calle en los pasillos de los primeros pisos. Hoy sube apuradísimo por las escaleras; llega tarde a una importante clase de anatomía de la mano y no se detiene en los escalones abarrotados por la gente del ingreso. Gritándoles «permiso» desde abajo, Julio se abre paso pisando zapatos, tapados y sacos. Ignora los improperios que quedan atrás, y devora los escalones de tres en tres, hasta llegar casi exhausto al quinto piso. Allí, se cubre con el guardapolvo blanco y entra al anfiteatro, donde un ayudante ya discurre sobre los músculos lumbricales e interóseos. Disimuladamente, Julio logra deslizarse hasta un asiento vacío; despliega luego el cuaderno sobre el pupitre y, respirando profundamente varias veces, intenta concentrarse en el tema. Una enorme mano, cuya piel ha sido corrida hacia los costados por algún hábil dibujante, ilustra la charla desde el pizarrón. De pronto, una broma del ayudante hace reír a la concurrencia, despabilando a los soñolientos. Julio abre mucho los ojos; no está dormido pero tampoco ríe. Mira hacia ambos costados, como queriendo preguntar algo, y luego vuelve a concentrarse en la voz enfática del ayudante tomando nota de las complicadas minucias anatómicas que hacen de la mano un órgano exquisitamente hábil y sensible. Y entonces otra broma que tampoco alcanza a comprender; mira interrogante a sus vecinos, pero éstos lo ignoran. Afortunadamente para Julio, el ayudante repite:

—Una diferencia fundamental entre el hombre y el mono consiste en que éste no posee el músculo oponente del pulgar. Por lo tanto, no puede realizar la pinza que resulta de oponer el pulgar a los demás dedos... ¿ven? -dice, mientras realiza círculos y óvalos con los dedos de las manos. Su guardapolvo gris lo distingue de los alumnos y de los ayudantes noveles, y la soltura con que maneja un tema tan complejo sugiere su inminente ascenso a jefe de trabajos prácticos-. A ver, prueben ustedes. No vaya a ser que alguno no pueda hacerlo... -termina con un gesto sugestivo y una sonrisa sobradora. Los alumnos lo imitan, entusiasmados y obedientes, mirándose las manos entre ellos. Entre tanto, Julio sigue escribiendo frente a las miradas interrogantes de sus vecinos.

—¿A ver, ché? Dale, mostrá.

Julio levanta la vista de los apuntes y luego apoya la lapicera junto al cuaderno. Estira un brazo hacia adelante; su mano se abre y se cierra en el aire, pero sin óvalos ni círculos. Los cuatro dedos caen espasmódicos sobre el pulgar y la eminencia tenar. Sus compañeros bromean.

—Muy bien; dale, Chita, seguí... ¿no querés una banana? -dicen, rascándose los pectorales con las puntas de los dedos. Pero la expresión del rostro de

Julio los detiene. Su mirada dura, profundamente concentrada en los movimientos de la mano -que parece un bicho atrapado por el antebrazo-, termina por espantarlos. Con un movimiento simultáneo, como de blancas cortinas corridas de improviso hacia ambos lados, se alejan de él, que queda en el medio, solo, resaltando sobre el fondo oscuro de los asientos libres. Entonces, Julio siente la necesidad de rebelarse, de deshacerse de la ropa que lo oprime desde el cuello hasta los pies. Se pone de pie, imponente, y grita, acompañándose de recios golpes en el pecho con los puños cerrados, demostrando a la sorprendida audiencia una oculta condición.

Luego, cuatro saltos le bastan para salir del anfiteatro. Baja por las escaleras, ante la corrida general que provoca su presencia, hasta llegar al piso de Anatomía Comparada. Sospecha que le resultará algo difícil sortearlo, pues allí se interrumpe la escalera, y no se equivoca. Cuatro ayudantes -que probablemente fueron alertados desde arriba- lo esperan, distribuidos a lo largo del pasillo. Y ellos no se espantan. Se le acercan lentamente, ocultas las manos que portan las necesarias correas. Y en un abrir y cerrar de ojos lo atrapan, lo sujetan hasta la inmovilidad. Después lo levantan en vilo para llevarlo al interior del pabellón, donde una jaula espera con su minúscula puerta entreabierta. Julio quiere gritar, pero una mano lo amordaza, mientras las correas aprietan exageradamente, y de golpe cae contra el piso enrejado. La puerta se cierra con un chirrido y Julio, desesperado, se levanta de un salto. Estira los brazos a través de los barrotes y comienza a hacer, compulsivamente, círculos y óvalos con los dedos de las manos.

—¡Miren! ¡Miren! -les grita a los ayudantes-. ¿No ven que yo también puedo? ¿No se dan cuenta de que era una broma?...

Pero ellos ya se volvieron y lo ignoran; acuden al llamado de un compañero que anuncia, desde la mesa donde yace un simio parcialmente disecado, el probable hallazgo de una curiosidad anatómica.

LA INYECCION

Eran cerca de las tres de la madrugada cuando me llamó por teléfono. Atendí semidormido. El dolor atroz de un cólico renal le impedía dormir y requería mis servicios de enfermero. Me vestí inmediatamente, tomé la caja de inyecciones y salí. El aire de la noche me despabiló. Cuando llegué pude comprobar, al mirar su rostro, que no me había llamado inútilmente. Tomé una ampolla con el calmante, cargué la jeringa y le pedí que se acostara boca abajo. Limpié la piel con alcohol, quité la aguja de la jeringa y la clavé con un golpe seco. Entonces, de súbito, sentí un agudo dolor en mi nalga. Me volví, sorprendido, buscando algún niño bromista, pero seguíamos solos. Me froté pensando en un calambre, y empecé a inyectarle el calmante. Le pregunté si le dolía y negó con un movimiento de la cabeza. Mientras, otro dolor, más sordo y persistente que el anterior, se apoderaba de mi pierna prolongándose hasta el pie. Me senté en el borde de la cama para esperar el resultado de la inyección. El paso intermitente de los autos marcaba, desde la ventana, el monótono ritmo de un tiempo que volvía insistentemente sobre sí, como si no quisiera transcurrir. Pasó una larguísima media hora y el cólico no aflojaba. Cuando me pidió que le inyectara otra ampolla, tuve que acceder, aunque faltaba la receta médica.

Volví a sentir la misma puntada que la vez anterior y me inquieté. Supuse que esta otra inyección tampoco le haría efecto, Entretanto, el cuarto comenzó a girar, mi cuerpo perdió peso y unas ganas enormes de hablar me invadieron. Mi euforia aumentaba minuto a minuto; fui hasta el baño para que no se diera cuenta de mi estado, aunque parecía poco probable que saliera de su autoconcentración. Allí me acometieron unas náuseas irreprimibles.

Después de vomitar, me calmé. Cuando volví al dormitorio, comprobé que el enfermo seguía presa del infernal dolor. Desesperado, me preguntó si no había confundido las ampollas. Algo extraño sucedía, pero mi mente cansada y confusa no podía llegar a un pensamiento lógico.

De pronto, siguiendo un impulso, tomé la última ampolla de la caja, cargué una nueva jeringa y, en un arranque de inspiración, me inyecté el calmante. A los quince minutos, su dolor comenzó a ceder, y al cabo de media hora había desaparecido.

Después de cobrarle por las tres aplicaciones y cuando ya salía, le pedí que buscara otro enfermero para las próximas inyecciones.

LA CLASE MAGISTRAL

La clase magistral que dicta el profesor titular todos los lunes, comienza a las ocho en punto de la mañana. Es invierno y los alumnos se disponen a escuchar atentamente, mientras se frotan con fuerza las manos o soplan en el hueco formado por las palmas unidas entre sí. Tú no sabías que esta mañana, cuando esperabas al colectivo en aquella ventosa esquina, tomarías un resfrío tan violento. ¿Por qué no le habrás hecho caso a tu Mamá, que casi de rodillas te pidió que llevaras una bufanda y el sobretodo? Con los ojos húmedos, contemplas los ademanes y las muecas del profesor. Vas registrando sus palabras en tu memoria y en tu cuaderno de apuntes con precisión. De pronto, un estornudo interrumpe la secuencia de palabras que el nervio acústico envía a tu cerebro. Un fuerte cosquilleo pone fin al reflejo. Al volver a la clase, debes hacer un esfuerzo para retomar el hilo del tema. La idea de que el profesor se haya interrumpido a causa de tu estornudo te cohibe. Te sientes aislado, ridículo y estúpidamente enfermo. ¡Maldito resfrío! Con un pañuelo secas tus fosas nasales lo más silenciosamente que puedes. Deseas asegurarte que no se repita. Tus oídos permanecen tapados y tragas varias bocanadas de aire. Finalmente se destapa uno y, como por arte de magia, vuelves a escuchar las frases magistrales del profesor, que en este momento te está mirando. Sí, te clavó los ojos y te habla, te dicta la clase para que escuches por todos. Pero ignoras que él te ignora; que sólo fijó la vista en tu triste figura porque resulta dificil concentrarse y hablar largo rato para el plural. Y se te ocurre que es algo personal. Que entre ambos existe algo que los une por encima de la clase y que se relaciona con el estornudo. El hilo de tu imaginación te aleja cada vez más del tema de la clase. Cuando vuelves a ella, escuchas frases que no comprendes. El profesor gesticula y señala unos dibujos que no logras entender de dónde salieron... Asientes con la cabeza cada vez que te mira y te tranquilizas. Él se acerca a tu asiento y, apoyando mansamente una mano en el banco, te da la espalda y continúa con la clase. Ya no te mira; te ha olvidado momentáneamente. Te acurrucas en el asiento; te aprietas contra la madera y decides descansar un rato entornando los párpados. Te adormeces, hasta que un cosquilleo te llama la atención desde el fondo de la garganta. Cubres con ambas manos los orificios de la nariz e intentas calmar las cosquillas con un imperceptible carraspeo. Pero es en vano. El reflejo está a punto de desencadenarse con toda su intensidad. Resistes aún, hasta que todo tu aparato respiratorio decide descargar su furia. Te achicas más, hundiéndote en el asiento. Te pones rojo, con la cara a punto de estallar. Tus ojos derraman lágrimas a chorros. Los ademanes y la espalda del profesor te cubren de las miradas indiscretas de tus compañeros. El estornudo llega al paroxismo y te espantas de su potencial expulsivo. ¡Debe salir silenciosamente, cueste lo que cueste! Te doblas sobre la cintura. Una, dos, tres profundas contracciones te estremecen, pero ni un solo ruido sale de tu garganta. Mientras, algo ha caído al suelo. Te agachas y recoges dos pequeños objetos de color rojizo, cuando una dolorosa puntada en ambos oídos te obliga a morderte los labios para no gritar. La clase magistral continúa, pero ya no la oyes. Un zumbido insoportable se ha unido al dolor. Empiezas a sospechar la verdad. Llevas el pañuelo hasta las orejas y lo traes con manchas de sangre. Abres las manos y un escalofrío recorre tu cuerpo. Porque en las palmas observas unos trocitos de lo que fueran tus membranas timpánicas y dos pares desgarrados de huecesillos del oído medio.

LA NOVEDAD

Rosendo salió del escritorio, donde había hablado con el patrón. Caminaba despacio, como con ganas de volver. Si hubiera sido otro sin duda habría vuelto para decir lo que pensaba. Pero Rosendo era solamente él mismo y no sabía explicar a los demás lo que le ocurría cuando algo le tocaba muy adentro. Y mucho menos al patrón, que siempre se quedaba con la última palabra y hacía valer su opinión como la más conveniente.

Desató el caballo, montó y se dirigió al tranco hacia su casa. Se está haciendo tarde, pensó al mirar el horizonte. Empezó a sentir algo parecido a la rabia y decidió olvidar el asunto. Llegar cuanto antes a las casas, darle la noticia a la patrona y empezar a juntar las pilchas. Y mañana mismo debía ser, nomás. Apuró al caballo inclinando el cuerpo hacia adelante. Sentía un placer de raíz muy antigua cuando galopaba de regreso al rancho. El viento le golpeaba en las sienes, susurrándole cosas conocidas y amables. Miraba hacia los costados, reconociendo los potreros y las tranqueras que los franqueaban. Al oír el murmullo de una laguna cercana se estremeció. ¿Cuántas generaciones de patos y gallaretas habían crecido en esa laguna en los últimos treinta años? Una eternidad quedaba atrás. Con frecuencia se detenía a su orilla para darle de beber al caballo. Siguió de largo. Esta vez era diferente. Quería llegar; cuanto antes mejor. El ladrido familiar de los perros le anunció la proximidad del rancho. La patrona, como siempre, salió al patio para recibirlo. Cuando entraron, el fogón ya alumbraba el recinto. Ella sacó la pava del fuego para cebar unos mates, mientras él arrimaba un banquito al fogón. Con un gesto despejó de la frente el ala del sombrero, y se puso a contemplar obsesivamente a las llamas. Recibió los mates con desgana, tomándolos por puro cumplido. Ya no les sentía ese gusto entre amargo y dulzón que tuvieran siempre. Parecían lavados. Finalmente se decidió y contó con pocas palabras la novedad. Su mujer lo escuchó sin decir ni esta boca es mía, ofreciéndole otro mate como respuesta. Después puso la carne bien salada en la parrilla, que comenzó a chirriar de inmediato, despidiendo un humo blanco y espeso hacia el ambiente.

Al rato, Rosendo salió para soltar el caballo y dejar un nochero en el corral. La tropilla estaba cerca y el pingo relinchó fuerte. Cuando lo vio revolcarse en la tierra y luego sacudirse para salir corriendo en busca de sus compañeros, sintió en su propia piel el goce del animal. Luego caminó con lentitud hacia el alambrado y, apoyando los codos en un esquinero, contempló por última vez a aquellos campos.

Era ya noche cerrada cuando entró nuevamente al rancho. Comieron el asado en silencio. Después ella le ofreció un par de duraznos. Eran los primeros que daba esa planta guacha que saliera junto al aljibe. Ahora los bichos se los comerían a medida que fueran madurando. Y bueno, «baciencia, baisano ...» dijo el turco.

Al día siguiente se irían para la casa nueva. El rancho ya no era ni higiénico ni confortable, según las propias palabras del patrón. Rosendo recorrería otros potreros con otros montes y cuidaría otros animales. Ella limpiaría otros cuartos (con piso de cemento, no de tierra, según el patrón), sacaría agua de otra bomba (menos dura y sin microbios), encendería fuego en una cocina económica (basta de fogón adentro de la casa, todo lleno de humo), y esperaría a su marido en otro patio. Se miraron como diciendo: Ya nos acostumbraremos, ¿eh? Y se fueron a dormir.

El chistido de una lechuza, penetrante y burlón, les dio las buenas noches.

EL MATRIMONIO VIDAL

Celia es una mujer amplia, sensible, amable, y en sus abundantes formas se advierte una especial vocación por el sitio que ocupa cotidianamente en la casa. Hoy cocina papas fritas, que son la debilidad de su marido. Y Vidal las saborea de antemano, retrepado en su silla habitual frente a la mesa, mientras hojea el diario. El destino no les ha deparado descendencia, pero ha permitido que el ardoroso cariño que se profesaran en su juventud, se convirtiera en la madurez en un entrañable y profundo afecto.

Cuando está a punto la primera serie de papas fritas, Celia las coloca en una fuente y las lleva a la mesa. Vidal toma las crocantes papas con la mano izquierda mientras lee la crónica policial. Y come una tras otra con uniforme estridencia. Ella lo observa desde la cocina. Otra tanda ya está chirriando en la sartén. Cuando Vidal lleva consumida media fuente concibe la idea que al acabarse las papas, él morirá. Se lo comenta a su mujer con el convencimiento de una certeza, y ésta, que es muy sensible y por sobre todas las cosas adora a su marido, le cree a pie juntillas. Enjuga unas lágrimas prematuras, se suena la nariz con el delantal y, aceptando el desafío, comienza a pelar papas otra vez. Y las fuentes de doradas y crocantes papas fritas se suceden ininterrumpidamente una tras otra.

Pasa la tarde, llega la noche, y Celia recurre a la vecina para que le proporcione, en calidad de préstamo, aceite y papas. Su hermana ha acudido para ayudarle, aunque no comprende el motivo último de la necesidad del cuñado. Y una pela y lava papas sin descanso, mientras la otra controla la perpetua fritura, ya sobre dos sartenes.

—Esta tanda viene un poco pasada, querida— protesta de pronto Vidal, con un tono suave pero firme.

—Ya, mi amor— le responde Celia solícita —, no te quejes, que apenitas se me quemaron... Me distraje un segundo solamente. Y el aceite está algo quemado; lo huelo, sí.

—¡Cambialo, entonces!— protesta el hombre mientras vuelve la página hacia la crónica cinematográfica.

Y también transcurre la noche entre los vapores del aceite y llega pálido y frío el nuevo día. En los esposos se advierten huellas de cansancio. La hermana de Celia claudicó antes de la salida del sol, y ésta pela, corta y cocina las papas como puede, sin un minuto de reposo. Por esta circunstancia le ha pedido a su marido que reduzca el ritmo del consumo. Éste ya lo ha mermado, pues su abdomen, globuloso y prominente por la extraordinaria actividad fermentativa, sólo recibe el monótono alimento con obligadas pausas. Como sobresale del borde superior de la mesa, apenas le permite alcanzar la fuente con las puntas de los dedos. Vidal hace un enorme esfuerzo y se moviliza para aproximarse a su alimento. Resopla, jadea varios minutos y luego se introduce un par de doradas papas en la boca. Intuye que ése ha sido el último movimiento general de su cuerpo accionado por sus propios medios. Comprende la irreversibilidad de la situación y se lleva apresurado los dedos grasientos y salados a la boca. Entonces, emite un desgarrador aullido, sobresaltando a Celia, que acude en su auxilio con el corazón en la boca.

—Qué pasa, querido? ¿Qué hay? -pregunta espantada.

—Nada, nada importante. No te preocupes—responde el hombre, algo avergonzado por el escándalo. Se toma un dedo ensangrentado y lo envuelve con la servilleta—. Mirá qué estúpido; me he mordido el dedo con la costumbre de masticar lo salado.

—Pero, hombre, qué cosas hacés...— Y suspira aliviada. Luego cura con agua oxigenada la herida del grasiento dedo de su adorado marido. Después regresa presurosa a la cocina, donde las papas van adquiriendo ya un color próximo al marrón africano.

Transcurre el día y llega otra noche, ya sin relevo para Celia. A la madrugada, casi sorpresivamente, se acaban las papas y los vecinos se niegan a contribuir con su propia despensa. Además, le cierran la puerta en las narices, protestando por la hora insólita y el olor repugnante que impregna todo el piso de departamentos. Llega el momento en que Celia fríe la última serie. Dos lágrimas apuntan en sus enrojecidos párpados, pasados de sueño y vapores del aceite. Vuelca las postreras papas fritas en la fuente sin hacer ningún comentario. Vidal come, lenta pero ininterrumpidamente las últimas rodajas doradas, y vuelve por milésima vez la grasienta hoja del diario. Ignora la falta de papas, y lee en voz alta los resultados generales del hipódromo de La Plata, que conoce de memoria. Celia lo observa, tensa, recogida tímidamente en su reducto. De pronto, Vidal estira el brazo con gesto mecánico y sus dedos conocedores recorren la fuente en inútiles círculos. Cuando comprende, chupa los dedos uno por uno, deja el diario a un costado y mira a Celia con agradecimiento. Luego, casi simultáneamente, lleva la mano derecha hacia el pecho, hace una mueca de dolor y una cérea palidez lo invade. Entonces, a pesar de los esfuerzos de Celia y de los escandalosos gritos de los vecinos -que han acudido solícitos- Vidal fallece.

—También, mire que comer papas fritas dos días seguidos... Así cualquiera revienta— acota sentenciando doña Irene, la vecina más próxima–. Si no hay más que verle el vientre, que de tan hinchado ni le ha dejado lugar al corazón para respirar.

Celia, ya resignada y profundamente cansada, contempla fijamente el cadáver de su marido, sin responder a las preguntas de los vecinos. Hasta las lágrimas parecen reacias a brotar ahora, frente a tan abigarrado público. Sabe que su marido hizo lo que pudo para quedarse junto a ella, y como último gesto de cariño se le acerca y besa esos labios tan queridos, ahora pálidos, fríos y excesivamente salados.

MUTATIS MUTANDI

a Silvia Hom

El reloj despertador se anuncia con su habitual estridencia cuando todavía es de noche. Lo apago con un gesto maquinal y sigo durmiendo. Al despertar por segunda vez, compruebo que ya es tarde. Abandono la tibieza de las sábanas de un salto, sorprendido de hacerlo desde tu sitio habitual. La bronca me inunda cuando me doy cuenta de que ni siquiera tengo tiempo para tomar mate. Me visto mientras contemplo con envidia tu cuerpo acurrucado contra la almohada. ¡Qué ganas de faltar a la guardia! ¡Podría meterme otra vez entre las sábanas y dormirme sintiendo contra el pecho la tibia suavidad de tu espalda desnuda! Me decido y manoteo el bolso en la oscuridad. Antes de salir, bebo a grandes tragos un vaso de leche de la heladera. La náusea me acompaña hasta el ascensor, que encuentro detenido milagrosamente en nuestro piso.

Camino con pasos rápidos hasta el garage. El bolso está más pesado que de costumbre. Intento recordar los objetos que guardé, pero no puedo pensar con claridad. No termino de despabilarme. Al llegar al garage, el cuidador me saluda y, para mi sorpresa, sube corriendo por la rampa para buscar mi auto. Esta amabilidad aumenta mi confusión. Subo al coche y lo encuentro amplio. No logro entender qué sucede. Deslizo el asiento hacia adelante, coloco el cambio y, acelerando excesivamente, salgo a la calle dando pequeños saltos.

Conduzco con lentitud y torpeza, pues no logro desprenderme de esa suerte de velo que me envuelve desde que me levanté. Sin embargo, arribo sin problemas a la localidad en cuyo hospital trabajo, cuando compruebo que ya son las nueve menos cuarto. ¡Cuarenta y cinco minutos tarde! Cuando decido acelerar, me sorprende en una curva la policía caminera. Con fastidio, me detengo y espero.

—Buenos días— me saluda un agente, acompañándose con el gesto hacia la gorra—. Documentos, señorita.

—¿Qué dijo?—le contesto asombrado. Luego, el recuerdo del sonido de mi voz, que persiste en mis oídos, me deja estupefacto.

—Los documentos— repite él, ya casi de mal humor—. El registro y los papeles del vehículo.

Busco en mi bolsillo habitual del saco, pero no encuentro la billetera. Mejor dicho, no encuentro el bolsillo. Porque no está el saco. Un largo tapado me cubre y por debajo, asoman unas piernas pequeñas, desnudas y peladas. Cambio la posición del espejo retrovisor y te veo. Entonces, el vértigo me invade desplazando a la sorpresa.

—¡Vamos, señorita! ¿No me oyó? ¡Estoy esperando!— La impaciencia del policía introduce un factor de realidad en mi conciencia; recupero algo de lucidez y empiezo a moverme.

—Sí, disculpe; enseguida se los alcanzo— murmuro, intentando no escucharme. Busco en la guantera y luego en tu billetera, que encuentro en tu cartera (que aparece súbitamente en el asiento contiguo). Obtengo los documentos y se los entrego.

—Está bien, puede seguir— y cierra el círculo con otro gesto hacia la gorra.

—Gracias— le contesto. Arranco. Sigo hacia el hospital. No quiero mirarme ni tocarme. Entre tanto, pienso ya con rapidez: Ambos somos médicos y hacemos la misma especialidad y trabajamos en el mismo sitio. Por lo tanto, puedo *enfermarme y reemplazarme*.

El día transcurre sin otra novedad de importancia, afortunadamente. El trabajo me distrae, y la gente me acepta con naturalidad. Pero cuando intento reflexionar acerca de lo que nos sucede, el vértigo reaparece y se vuelve intolerable. Me cuesta acudir cuando te llaman y a veces aparento estar extrañamente distraída. Varios hombres, al cruzarlos, me han hecho muecas y caídas de ojos, los muy estúpidos. ¡Si supieran! Quise llamarte por teléfono durante todo el día, pero fue imposible obtener la comunicación. Pensé también que vendrías a verme, pero ahora creo que no te has atrevido a salir a la calle, tan alta y barbuda. Por la noche, el operador del conmutador me anuncia tu llamada.

—¡Hola! ¿Cómo estás?— pregunto en cuanto llego al teléfono.

—¿Qué? ¡No se oye nada!— me contesta una voz que escuché alguna vez en el grabador. Siento que mis latidos se aceleran.

—¿Cómo estás?— repito, ya gritando.

—Nada, no oigo nada. Colgá, que vuelvo a llamarte.

Después, la comunicación se interrumpe. Para siempre. Quedo confundido, desconcertado, perdido. Entonces, alguien me llama desde el consultorio. La estridencia de unos gritos infantiles me vuelve a la realidad. Cuando termino con la consulta, acudo a cenar al pabellón médico.

Ante la comida servida, un hambre atroz me acomete y no me detengo hasta devorar mi ración. Al terminar, siento otra vez el vértigo que sube por mi vientre, unido a una dolorosa puntada. Mis compañeros se preocupan por mi salud, que no pueden comprender ni valorar. Les agradezco la intención, pero los ignoro. Me levanto de la mesa. Me encierro en un cuarto y me desplomo sobre la cama. Entonces, el dolor se agudiza hasta hacerse intolerable. Intuyo que si no te veo pronto, puedo llegar a morir, lacerado por esta espantosa sensación de *no ser* que me posee desde la mañana.

Decidido, salto de la cama, me arreglo un poco la ropa, me peino (imagino tener un aspecto muy poco profesional) y luego regreso a la sobremesa. Allí, le informo al médico interno de mi necesidad de retirarme del hospital. Me observa entre divertido y extrañado, y finalmente accede, por lo que le presento los pacientes de cuidado que estaban a mi cargo, tomo el bolso aún sin abrir y salgo.

Vuelvo a casa, a nuestro departamento, donde espero encontrarte. Mis piernas tiemblan continuamente; el corazón se quiere escapar por mi cuello y debo contenerlo respirando hondamente y tragando mi escasa saliva. Enciendo la radio. El concierto de Brahms me calma con el andante. Cuando empiezo a escuchar el piano, los dedos, independientes, me recuerdan tu dedicación al instrumento. Dejo de pensar; me abandono a Brahms y al camino, a ese pedazo de pavimento que se abre incompleto, iluminado por unos faros descentrados que incomodan a más de un automovilista.

Llego. Estaciono en la calle, en el primer sitio que encuentro libre y subo hasta el departamento.

Toco el timbre y espero, presa de una tensión interna que me impide absolutamente pensar.

—¿Quién es?— preguntas desde adentro. Me aprieto contra la puerta y, próximo al desmayo, murmuro:

—Yo, hombre, yo. ¡Abrí!

Nos miramos y tácitamente decidimos no hablar. Terminabas de comer. Te acompaño con el postre. Bebemos vino blanco y recupero el concierto en el tocadiscos. Te miro constantemente. No puedo eludir la sensación de estar frente a un espejo. Pero tus movimientos, invariablemente, rompen mi ilusión de identidad. Siento que estoy solo, allí, mirándome desde aquí. Solamente reconozco tu mirada en los que fueran mis ojos. Nos buscamos continuamente.

De pronto, estiro mi brazo y toco tu mano. La reconozco. Subo por el brazo, y luego enredo mis dedos en la barba. Sí, es ella, soy yo. Recorro tu cara con las yemas de los dedos. Tengo la insólita impresión de haber franqueado los límites del espejo, es decir, los de mi incierta realidad. Me levanto y me acerco a tu silla, pero mi cuerpo vuelve a temblar y mis rodillas se niegan a sostenerme. Caigo sobre tus piernas y te abrazo. Entonces, la sensación de absoluto vacío se intensifica, aproximándose al límite de lo posible, como si un cuchillo me hubiera abierto en canal de arriba abajo. Ahora necesito que me cubras, que me encierres con tu piel; que me recuperes y me regreses a mi sangre. Busco en tu boca mi boca y te encuentro buscándote con ella. Tus brazos me rodean y me aprietan con violencia. Empiezo a revivir. Te pones de pie sin despegarte de mis labios, porque allí nos reconocemos en el antiguo nivel. Y nuestras lenguas se buscan y se esconden, mientras caminas tambaleante hacia el cuarto.

Entonces ya no importa quién es quién, y nos hundimos en esa única epidermis que nos envuelve, entregados a una nueva ceremonia de reconocimiento mutuo. Pero nada es reconocible desde una ausencia de fronteras que no dejamos de percibir constante y dolorosamente. Y nos reunimos el uno en el otro, una y otra vez, buscando fundirnos en ese único instante de absoluto no ser, que surge por fin, gloriosamente, y nos cubre, derramándose con repetidos golpes de silencio y delirio.

El sol, fuertísimo, atraviesa las débiles cortinas entre las rendijas de la persiana y me hiere directamente en los ojos. Despierto junto a tu cuerpo de mujer. Poseo nuevamente barba, piernas largas y todo lo que fuera habitual en mi anatomía. Te observo dormir, relajada, con la boca entreabierta, los labios aún hinchados y unas sombras que oscurecen tus párpados. Te acaricio suavemente, mientras intento recordar nuestra experiencia de la víspera. Me estremezco; siento que una barrera infranqueable me lo impide y te abrazo con violencia hasta que logro despertarte.

—Buenos días, señora— murmuro, sin asombrarme ahora por mi voz. Te vuelves, extrañada, y miras directamente por debajo de las sábanas. Luego me preguntas, frunciendo el entrecejo:

—¿Volverá a producirse?

TÚ - YOU - TOI

Te despierto por la mañana con la mamadera tibia, que devoras con glotonería. Me gusta observar en tus ojos la mirada ausente que produce tu concentración en la mamadera. Al terminarla, abres los brazos desperezándote. Tus ojos entrecerrados piden el abrazo de los buenos días. Después te quito los pañales mojados y te paso la aburrida esponja por la cara. Comienzo a observar tu evolución mientras eliges la ropa con incipiente coquetería. Has aprendido a vestirte sola y apenas te ayudo con los botones más difíciles. Luego, te pongo de pie sobre un banco frente al espejo y te entretienes con el peine mientras me afeito y tomo el desayuno.

Salimos a la calle tomados de la mano. El quiosco de la esquina ya está abierto y compramos caramelos y cigarrillos. Al caminar, arrastras la otra mano por las paredes. De pronto, algo queda pegado en tus dedos y me los muestras intrigada. Nos detenemos para limpiarlos. Una persona, enternecida con tu pequeña figura, te acaricia en la cabeza al pasar. Te vuelves, furiosa, y después me miras ofendida. Yo reprimo una sonrisa, que podría tener serias consecuencias, y seguimos.

Al llegar a la plaza, te llevo a las hamacas, al tobogán, o haces equilibrio en los troncos que rodean los juegos. Te gusta meter los zapatos en todos los charcos que encuentras, mientras me miras de reojo. Quieres que te rete, pero no caigo en la trampa. En cambio, hago un barco de papel, que navega en algún charco junto con el borde de tu vestido.

A veces vamos al zoológico, donde están tus

amigos los monos. Creo que has enamorado a uno, pues comienza a hacer piruetas cuando te ve. El león dormido boca arriba te da miedo y lástima. Crees que está muerto. Te asombras cuando el elefante absorbe con la trompa agua de la canilla, que luego sopla dentro de su boca. Te explico el procedimiento y me pides que te compre una coca-cola. Llega por fin la hora en que todo te molesta; intento llevarte sobre mis hombros, pero ya no puedo alzarte sin hacer un enorme esfuerzo. Entonces, un chupetín te calma, como los sedantes a la gente grande.

Llegamos. En el ascensor, ya alcanzas con la punta del dedo índice el botón de nuestro piso. Al salir, me quitas de las manos el manojo de llaves y corres hacia la puerta del departamento, pero aún no llegas hasta la cerradura y frunces el ceño mientras golpeas el piso con los talones.

—Más tarde, niña caprichosa y consentida— aseguro con calma. Te tranquilizas cuando te hablo. Pero al entrar eres como una tromba que todo lo arremete. Llegas a la cocina y te encierras. Escucho tus habituales gemidos del mediodía, y siento la impotencia que me anuda la garganta.

No puedo ayudarte. Espero que los dolores se te pasen, aunque un médico de niños me aseguró que no existen.

Abres la puerta y al salir, me enternece tu larga y delgada figura. Tiemblan tus rodillas. Me acerco y limpio con mi pañuelo los surcos que dejaron las lágrimas en tus mejillas sucias de la plaza. Me abrazas con una fuerza que siempre me resulta insólita. Y poco a poco tus sollozos se disuelven en una amplia sonrisa.

—Hay que preparar el almuerzo— afirmas, intentando abreviar la situación.

—Tú cocinas hoy— agrego, mientras te beso en la frente y me voy al living con el diario y los cigarrillos. Y la cocina se transforma en un torbellino de ruidosas cacerolas que van de un lado para el otro. Ya sabes leer y escribir correctamente. La escuela primaria te queda chica, y las muñecas son un recuerdo que guardas junto con la ropa de la mañana.

Cuando almorzamos, me hablas ininterrumpidamente. A veces, tengo respuestas a tus preguntas; en general no las tengo, pero te escucho con atención. Es, quizá, la hora más importante del día. Compruebo que el proceso iniciado al despertarte me sorprende al comer el postre con el comienzo de tu adolescencia.

En vez de dormir la siesta, salimos nuevamente. Ríes todo el tiempo; no puedes evitar esa hilaridad un tanto ridícula que te posee por la tarde. Vamos al cine, y lloras porque el bueno muere junto con el malo. Intento explicarte que ahora todos se mueren en las películas; no me oyes y cambias nuevamente de humor. Cuando comemos un helado, me cuentas que te encanta trepar a los árboles. Te propongo que vayamos a una plaza. El guardián, que estaba espiando, se acerca furioso. Le sacas la lengua, yo le hago el pito catalán, y nos alejamos corriendo de sus iras.

Llegamos a un sitio solitario y nos echamos sobre el pasto. La agitación de la carrera te ha transformado otra vez. Ya eres toda una mujer. Hablas con la voz entrecortada por la respiración:

—Te quiero, te quiero y te deseo, ya, ahora.

—Y yo te adoro desde que te encontré— murmuro casi sin aliento. Me acerco temblando hasta tu larga figura. Estoy maravillado; no puedo hacer otra cosa más que contemplarte. La línea de puntos de nuestras miradas se detiene, nos rodea sin interrumpirse hasta que surgimos del abrazo con los ojos brillantes y dilatados. Entonces nos besamos desde el interior de los labios.

Volvemos a casa. El amor es fascinante; el amor es único. Así nos parece y permanecemos unidos. Contra nuestros deseos, nos separamos para preparar la comida. Escuchamos a Mozart.

—Podríamos casarnos— propones al cerrar la puerta del horno.

—Cuando crezcas de una buena vez, y no me hagas hacer papelones en el horario del registro civil— contesto. Te acercas, te atraigo, y entretanto se quema la comida. Sin embargo, comemos los restos con voracidad. Y hablamos; hablamos del presente, del pasado, del futuro, hasta que la cafetera empieza a derramar el café hirviendo en el piso de la cocina.

De Mozart pasamos a Schumann y luego a Brahms. Y después a Los Beatles. A veces leemos juntos, abrazados boca arriba. Tú sostienes una parte del libro y yo la otra. Casi siempre terminamos las páginas al mismo tiempo; de lo contrario, el primero apura al otro de alguna manera original.

Al apagar la luz, te levantas de la cama y te acercas a la ventana, tal vez para respirar el aire fresco de la noche. La calle ilumina con suavidad el contorno de tu cuerpo y no resisto el deseo de tenerte a mi lado. Hacemos el amor, quizá por última vez en el día. Luego, el sueño se apodera de mí con una urgencia irreprimible.

—El chupete está en tu mesa de luz— balbuceo medio dormido. Asientes con la cabeza. Estás distraída, preparando sobre la cama los pañales para la madrugada.

EL SUEÑO COMPARTIDO

El matrimonio duerme. Él sueña que es un pájaro y sobrevuela la ciudad cuando las primeras luces del alba penetran tímidamente en la bruma que la envuelve. Llega hasta las afueras y, desde lo alto, reconoce el techo de tejas de su casa, enmarcado por el piso de lajas de la galería descubierta. Luego reconoce el parque y, más allá, el angosto camino vecinal. Baja y comprueba que la ventana del dormitorio principal está abierta de par en par. Se acerca planeando en círculos; cierra las alas con un elegante movimiento y termina posándose en el alféizar de la ventana.

Ella sueña que está sola en la casa. Su marido bajó a la ciudad solicitado por un negocio impostergable y no volverá hasta el día siguiente. Temerosa, recorre las habitaciones, colocando cerrojos y llaves en todas las puertas hasta llegar a su cuarto. Allí, abre la ventana para disfrutar del fresco de la noche y luego se recuesta en la silla mecedora, con una escopeta descansando sobre sus faldas. De pronto, un enorme pájaro se recorta en el marco de la ventana. Ella se sobresalta; luego apunta el arma hacia allí y dispara.

Ambos despiertan bruscamente; se incorporan con violencia, apoyándose sobre los puños apretados contra el colchón y los brazos rígidos. Se miran sin comprender, aturdidos aún por la conmoción que el disparo de la escopeta provocara en sus respectivos sueños.

DESDE UN SITIO INTERMEDIO

El accidente te sorprendió cuando pensabas en ella. Su rostro, iluminado por una sonrisa, fue la última imagen que retuviste en la conciencia. Y después, nada. Fue como quedarse dormido de repente. Más tarde y sin la noción del tiempo transcurrido, comenzaste a ver imágenes borrosas. El rumor de unas voces terminó por liberarte del letargo que te poseía. En un momento, las sensaciones se unieron y comprobaste que percibías todo como a través de otra persona.

El contacto de las manos sobre una piel te resultó vagamente conocido. La viste reflejada en el espejo y tu alegría fue indescriptible. Quisiste hablarle, pero sus labios no respondieron a tus palabras, unidos en un solo trazo por el carmín del lápiz labial. Te buscaste en el espejo; sólo la veías mirándose a sí misma. Intuiste que verías únicamente lo que ella quisiera ver; no comprendías la situación, y dudabas tanto de estar vivo como de estar muerto. Recordaste que en el momento del accidente pensabas en ella. ¡Y ahora recibías todo por intermedio de sus sentidos!

Al cabo de un tiempo comprendiste que habías muerto, pero que también vivías aún, a través de ella, como un parásito espiritual. Sospechaste que ella ignoraba tu existencia *post mortem*, y una duda te espantó: ¿Hasta cuándo persistirías de esa manera?

La incógnita era tan angustiante que lograste abandonarla casi inmediatamente. En cambio, comenzaste a estudiar tus nuevas posibilidades. Fuiste casi feliz acompañándola en todos sus actos y penetrando en sus pensamientos más íntimos. Al percibir su preocupación por tu alejamiento, quisiste comunicarle que estabas más cerca que nunca de ella, pero tu esfuerzo fue siempre inútil. La barrera era infranqueable. Y algo parecido a la desesperación te invadió cuando entendiste que tu aislamiento era perfecto.

De improviso, un presentimiento trágico unido a tu imagen cruzó por su mente, y regresaste a la nebulosa de la cual venías. Cuando pensó en otro tema, casi simultáneamente volviste a ella. Ya sabías, entonces, que tu existencia se prolongaría hasta que le llegara la noticia de tu muerte.

La única manera de impedir esto, sería aislándola del mundo.

Intentaste dominarla para dirigir sus pensamientos y sus actos. Quisiste limitar sus movimientos; detenerla en su camino hacia la puerta de calle. Finalmente, decidiste concentrar toda la fuerza de tu efímero ser para impedir que abriera el telegrama.

Por fin, a través de sus ojos que se llenaban de lágrimas, leíste la noticia del accidente.

Inmediatamente después, penetraste en las profundidades de tu muerte definitiva.

EL EMBARAZO

Una mujer joven, embarazada casi a punto de tener su hijo, me pide que le ayude a bajar del colectivo. A pesar de estar lejos de mi destino, accedo, y luego la acompaño hasta su domicilio. Son las dos de la madrugada y ya no voy a llegar a casa antes de las cuatro, pero no me importa. Esta mujer tiene algo que me impulsa -y no me obliga- a acompañarla. En su departamento, se cambia y luego se acuesta en una enorme cama. Me pide que le hable de mi persona, y simultáneamente comienza con dolores en el vientre. Ante la inminencia del parto, aconsejado por mis cuatro años de estudios de medicina, decido llamar a una ambulancia para que un médico se haga cargo de la situación. Ella se niega; quiere que me ocupe personalmente de todo, ya que le inspiro confianza. De pronto, como por arte de magia, aparece una enfermera que busca afanosamente un par de tijeras; las encuentra y luego las pone a desinfectar en agua de colonia junto con unos hilos. Entonces, el miedo comienza a fluir por mis poros con un sudor helado. Me imagino cortando y ligando el cordón umbilical de un recién nacido, y maldigo el momento en que me dejé envolver por esta situación, Pero comprendo que ya no puedo evadirme. La mujer contempla su globuloso abdomen y grita, doblándose hacia adelante. Luego se echa hacia atrás mordiéndose los labios, y me aprieta la mano con insólita fuerza. De pronto, se relaja; dice que no va a tener un hijo y me pide que le alcance la máquina fotográfica, que es estupenda y que me la quiere mostrar. Aprovecho la divagación y llamo a un hospital para que envíen una ambulancia. A los pocos minutos llega un médico; la revisa contra sus deseos y diagnostica que está en trabajo de parto. Por lo tanto, decide llevarla al hospital. Comparto su opinión y la bajamos en el ascensor, acompañados de sus gritos. Lucha con verdadera desesperación, negándose a entrar en la ambulancia. Hasta que se escapa y vuelve corriendo al departamento. La sigo, confundido y casi harto de la situación, cada vez más absurda. Y me quedo a cargo de esa mujer de dudosa cordura, secundado por una enfermera de dudosa idoneidad, para asistir a un parto corolario de un embarazo que no existe, pero que fue confirmado por un médico que sí existe -o que existía, pues se evaporó en la noche, blanco y etéreo como un fantasma.

En una agenda encuentro el número de teléfono de su padre y lo llamo. Para mi alivio, a la media hora llega. Le expongo los últimos acontecimientos y él me observa extrañado; parece no comprender lo que le digo y, tras explicarme que su hija no está ni estuvo nunca embarazada, entra al cuarto y la saluda. Acostada y tranquila, ella oculta el abdomen con las rodillas, levantadas por debajo de las sábanas. Al salir, el hombre cierra la puerta y me despide.

—Muchas gracias, joven, pero vea, no se preocupe más. Ella, le repito, no espera ningún hijo. Lo que sucede es que está enferma; es alcohólica. Ya está en el último grado y la afección del hígado le ha hinchado el vientre de esa manera. Así me lo explicó su médico hace unas pocas semanas. Comprendo que esté confundido, y disculpe por todas estas molestias. Usted también necesita descansar, así que, váyase pronto a su casa, que ya se ha hecho muy tarde. Y nuevamente, muchas gracias.

Logro emitir un saludo y, abandonando la idea de esperar el ascensor, bajo a los saltos por las escaleras. Afuera, respiro el aire fresco de la madrugada con voracidad.

Varias semanas más tarde, cuatro o cinco, la encuentro en una plaza. Sentada en un banco, sola, arrulla con ternura algo envuelto en delicadas mantas. No me atrevo a acercarme para averiguar si es un bebé, el de ella, de un mes de edad.

MULITAS, PELUDOS Y QUELONIOS

Llegó hasta la puerta del departamento, sacó un manojo de llaves del bolsillo, introdujo una de ellas en la cerradura, abrió la puerta y entró. El ruido de muchas uñas rascando el suelo le obligó a mirar hacia abajo. Los vio, hizo una mueca de asco, cerró la puerta con violencia y se dirigió a su dormitorio. Entró lentamente y contempló con tristeza los objetos que llenaban las paredes y los rincones de su cuarto. Se detuvo en el violín. No, ya no tocaría más a Kreisler en él. Cerró los ojos y derivó el pensamiento hacia el futuro inmediato de su persona. Debía elegir: o se transformaba en mulita, o se transformaba en peludo. No cabía otra alternativa. Su familia lo había decidido así y ya le quedaban pocas horas de vida humana. Sin saber lo que hacían, todos sus parientes se habían transformado en mulitas y peludos. Y ahora correteaban por el living y el comedor con el característico y enervante ruido de uñas raspando el piso. Desde que entrara en la casa, le había repugnado la idea de transformarse en un bicho de esos. Y al ver el espectáculo que ofrecía su familia corriendo por el departamento en cuatro patas con un cascarón en el lomo, se había horrorizado como nunca.

Decidió salir del cuarto y fue hasta la biblioteca. Escogió al azar un tomo de la enciclopedia y lo abrió. Tras hojearlo un rato, encontró la descripción de los quelonios. Concentró su atención en el *testudo graeca*. Estudió su anatomía, su fisiología, su modo de alimentarse, sus costumbres y su habitat. Absorbido por la lectura, no se dio cuenta que sus parientes lo rodeaban. Se habían juntado todos alrededor de él y permanecían muy quietos, mirándolo fijamente. Cuando terminó el capítulo, huyeron despavoridos hacia la puerta de calle. Indudablemente, su presencia los había asustado. Entonces se percató de que estaba parado encima del libro. La transformación se había producido. Ignorando aún si era mulita o peludo, miró sus patas delanteras y comprobó que eran mucho más anchas que las que portaban sus parientes. Además, no tenían las uñas tan largas. Quiso correr como ellos y no pudo. Recordó que en su cuarto había un espejo que llegaba hasta el suelo. Iría a mirarse en él. Con pasos suaves y armoniosos se acercó al dormitorio. Abrió la puerta con el cuerpo y avanzó hasta el espejo. Se vio reflejado mientras caminaba: un caparazón inmóvil y resistente le cubría el lomo. Su cabeza era redondeada; su cola era breve. Cuando se paró sobre las patas traseras apoyado en el espejo, comprobó que otro caparazón le cubría la parte inferior del cuerpo. Ambos se unían a los costados, dejando libres los sitios donde podría encerrar las patas, la cabeza y la cola. Su invulnerabilidad era perfecta. Entonces comprendió que ya se conocía a sí mismo. Salió del cuarto con lentos y majestuosos movimientos y caminó hacia la puerta de calle, donde se agolpaban espantados, los peludos y las mulitas.

De súbito, la puerta se abrió. Provocando una confusión general, entraron un hombre y una mujer acompañados por el portero. Supuso que serían los nuevos inquilinos, y se asombró de la rapidez del cambio.

La pareja fue directamente a la cocina, para volver con sendos cuchillos en las manos. Y uno por uno, sus parientes fueron capturados, degollados y despanzurrados. Después los lavaron y los metieron boca arriba en el horno, con un poco de sal, ajo y pimienta dentro de su concavidad. Dedujo que se los comerían, pero no se inmutó Desde que sufriera la transformación, y aún antes, le importaba muy poco la suerte que corrieran.

Cuando la mujer lo encontró, lo miró con simpatía y curiosidad. Hasta le propuso a su marido buscarle compañía, y ambos decidieron estudiar sus costumbres. El quiso mostrarles su sabiduría y caminó con la cabeza muy alta hacia el tomo de la enciclopedia, que yacía abierto en el suelo junto a la biblioteca.

Pero sufrió una total decepción al ser levantado en vilo por el portero, que hasta entonces había observado el movimiento general impasiblemente. Lo reconoció, y a pesar de los ruegos de los nuevos inquilinos, reclamó su posesión. El hombre, tan servicial por un lado y tan testarudo por otro, tenía una debilidad: Adoraba las sopas de tortuga.

LA PUERTA HACIA EL PASTO

¡Qué maravilloso habrá sido el mundo ayer! El ayer remoto, cuando fui chico. Meses y años vividos de una manera que actualmente desconozco. En aquella época abrí la ventana, sin miedo. O estaba abierta. Es probable que haya salido, aunque me parece que siempre estuve encerrado. Ahora todo es diferente. Esa ventana ya no existe y las cuatro paredes están demasiado habituadas a verme como para resignarse a abrirme algún ojo de buey. Además, no tengo demasiado interés en el exterior. Sin embargo, creo que me gustaría salir, nada más que por curiosidad. Pero aparte de esa curiosidad, producto del hastío diario, creo que no existe en mí la vocación por lo desconocido. Estoy seguro de haber salido alguna vez, pero no logro convencerme de ello. Si fuera cierto, quiere decir que no me gustó salir. O que quizá me obligaron a entrar. ¿Acaso he nacido aquí? ¿Acaso es aquí donde debo pasar el resto de mis dias? No comprendo qué pudo suceder. ¿Vivirá gente allí afuera? Es probable que sí. Deben llevar una vida maravillosa, todos perfectamente desnudos.

¿Y si intentara salir? No, no vale la pena. Si no hay luz en el cuarto, no hay ventana. Si no hay una ventana, no puedo salir.

Ayer, cuando vinieron a visitarme, se me ocurrió algo. ¡Qué aburridas eran esas personas! Siempre hablando de lo mismo; siempre diciendo lo que uno sabe que van a decir. No conocen lo que es la imaginación. Al fin, ya harto de ellos, los eché. Se fueron todos en fila india, y entró cada uno en su cuarto. Dije que ayer se me ocurrió algo. Mientras dormitaba, imaginé que vivía en el campo, en una pradera interminable, sin árboles ni nada que le quitara la luz del sol. Me acostaba, me revolcaba, mordía el pasto y lo comía hasta quedar verde. Después permanecí en un estado de completa liberación. Eso fue hasta que llegaron las visitas. Siempre llegan cuando uno no las desea. No, de vez en cuando son oportunas. Son un pretexto para alargar el tiempo.

Cada día que pasa aumenta mi necesidad de salir. Pero, ¿cómo? Esta noche recorreré las paredes para encontrar la ventana. Claro que si es de noche no veré nada. Entonces... es inútil. Más vale que duerma y olvide estas ideas nuevas, que acaso me lleven a la locura.

Hoy desperté con el ánimo dispuesto para realizar algo distinto. Creo que puede ser el gran día. Comienzo a tantear las paredes. Esta es completamente lisa; la temperatura, agradable. Esta otra es rugosa y muy fría. Si encontrara la ventana aquí tendría que conseguir ropa abrigada. Pero... ¡Esta otra pared está caliente! ¡Me quema las manos! O sea que afuera hace calor y frío al mismo tiempo. Un clima así debe ser intolerable. Mejor abandono esta búsqueda inútil y pienso en otra cosa. Podría, por ejemplo apreciar a mis visitas, que se molestan en venir a verme y los despido como se ahuyenta a los perros. Sí, iré a verlos.

Salgo, sigo caminando por el corredor y golpeo en la puerta de alguien. Entonces me doy cuenta de una cosa: he salido del cuarto. Si puedo llegar al corredor, también podré salir de esta casa. Corro hacia mi cuarto; abro la puerta y al entrar, en la luz veo en el fondo otra puerta. Jamás la había visto; nunca sospeché su presencia. ¡Y yo buscaba una ventana!

Debe estar cerrada con llave. Busco en los cajones de la mesa el manojo de llaves y las pruebo: No, ésta no sirve; esta otra tampoco. No, ésta ni siquiera entra en la cerradura. Estoy como antes. No, mucho peor, pues ahora conozco la salida. Seguiré probando las llaves.

Estuve todo el día forcejeando en la cerradura. Si no descanso voy a morir o a enloquecer, Ya no me importa el clima. Aunque muera en el intento, sólo quiero una cosa: Salir.

Anoche tuve un sueño que me dio nuevas fuerzas y algo de esperanza: Estaba en este cuarto. Con insólita decisión, caminaba hacia la puerta y la abría sin utilizar las llaves. Afuera, una pradera interminable se prolongaba ante mis ojos hacia lo que parecía ser el horizonte. El pasto era alto y muy tierno, Las flores abundaban, combinando toda suerte de colores. ¡Y yo estaba completamente desnudo!

Siguiendo un impulso irresistible, me levanto de la cama y me acerco a la puerta; apoyo la mano en el picaporte, lo bajo y la puerta se abre. Sin asombrarme, como si supiera desde siempre que eso iba a suceder, salgo. La luz me enceguece. Me protejo con las manos y espero. El efecto deslumbrante es transitorio, y veo ante mis pies el pasto, alto y muy verde. ¡Siento el aroma de tantas flores! Estoy desnudo, tal como lo imaginé. Y el pasto está sabroso. No sé si todavía estoy soñando o si he llegado al paraíso. Miro hacia atrás y veo a mis amigos que me observan desde el umbral de mi cuarto protegiéndose los ojos con las manos. Me alegra verlos y los llamo. Pero no me responden. Voy hacia ellos para invitarlos a salir; me miran horrorizados y huyen hacia adentro.

Corro detrás de ellos, y al entrar, la puerta de mi cuarto se cierra. El cambio repentino de la situación me confunde. A pesar de mis esfuerzos, la puerta permanece cerrada. Con una rabia loca insulto a quienes llamé mis amigos, pero ellos no se inmutan. Ríen y hablan como si nada hubiera sucedido. Advierto que he perdido el color verde y que estoy nuevamente vestido.

De improviso, me desvisto; me arranco la ropa. Simultáneamente, los veo cada vez más grandes. Voy a su encuentro; los beso y les digo que los amo. Ellos pelean para tenerme en brazos. Me besan y me colman de caricias. Yo los dejo hacer, pero observo fijamente la puerta. Espero. En un momento, de súbito, la puerta se abre y tras ella aparece el rectángulo deslumbrante. Decidido, me desprendo de sus brazos y me lanzo hacia afuera. Y hallo el pasto más alto, más verde y más tierno que nunca.

EL MONTE DE LAS ACACIAS

Aquel día, después de almorzar, me recosté. Me había levantado temprano para trabajar con la hacienda, y sentía algo parecido al cansancio. Soñé despierto. Estaba mareado y la transpiración aumentaba una sensación que me oprimía el vientre. No era extraña. Desde que estaba en el campo, la sentía casi todos los días. Yo sabía que ese verano sería diferente a los otros y que algo distinto sucedería. La atracción que sentía por la naturaleza me perturbaba. Trabajar a la par de los hombres del campo me había endurecido, me había curtido. Pero la convivencia con los animales en un ambiente natural e instintivo, despertaba inquietudes en mí que me hacían envidiar la modalidad de los chicos del campo. Trece años es una edad difícil, en la cual los acontecimientos afectivos cobran valores irreales, grandiosos, inalcanzables. La sensualidad me bautizaba con su agua bendita. Volcar un tintero sobre el mantel blanco. ¿Dejará de ser blanco? La tentación y la duda ya me corroían.

Era un verano muy caluroso. Durante la hora de la siesta, el sol se desplomaba sobre los campos, las casas, los montes. El pasto se movía con un ruido animal. La humedad pegajosa imprimía voluptuosidad a todo movimiento. La quietud invitaba al amor o a algún sueño lleno de pesadillas.

Sofocado, me incorporé. El piso de baldosas, agradablemente frío, me refrescó desde las plantas de los pies. Sentado en el borde de la cama intenté ordenar el caos de mi mente. «Si ella no estuviera en el cuarto de al lado, podría fumar». «Un cigarrillo me calmaría» -pensé-. De pronto, me puse las alpargatas, el sombrero pajizo y salí. Crucé el patio y caminé hacia el monte de las acacias. El silencio era completo a la hora en que los animales se amontonan bajo los montes, o duermen escondidos en alguna mata de pastos, y los hombres hacen la siesta.

A pesar del calor insoportable, sentí escalofríos en la espalda y en las piernas. Parecía que los pastos querían devorarme, castigando el empeine de mis pies. Caminé entre las acacias, que me pinchaban, complaciendo de ese modo una extraña necesidad de mi cuerpo. Los cardos, quemados por el sol de enero me dejaban, con sólo rozarlos, un reguero de espinas en los brazos y en las piernas. Nada me hería; nada me molestaba. El aire tan caldeado me obligaba a respirar como un animal en celo.

Yo sospechaba que había salido de la casa para encontrar un lugar tranquilo, donde podría fumar sin que nadie me viera. Sin embargo, los escalofríos y el ahogo que sentía, desmentían mi sospecha. Llegué a un claro del monte donde descansaban varias ovejas. El calor que emanaba de cada una de ellas era superior al mío, pues al trasluz vi que despedían un vapor que se mezclaba con la humedad del aire. Sin saber si era casual o intencionado el encuentro, me acerqué a un árbol y me senté en el suelo, apoyándome en el tronco. Fumaba. El cigarrillo calmó la sensación de vacío del estómago. Sin embargo, al mirar el vapor de los animales, reapareció con mayor intensidad. Dudas y temores acosaron a mi espíritu. La duda de estar vivo, de ser capaz de sentir ese calor instintivo, y el terror de caer en la irracionalidad, me ahogaban.

Sin terminar el cigarrillo, encendí otro con su brasa. El humo ya no me calmaba; ni siquiera me distraía. El roce de mi espalda contra la superficie áspera y dura del tronco me adormeció. Me quité la camisa para sentir más profundamente esa sensación.

Luego, el ruido de los pastos aplastados por unas pisadas lentas, me hizo temblar. Mi respiración se entrecortó. Casi jadeante, me eché al suelo para tranquilizarme. El sudor que goteaba por mis cejas, nublándome la vista, me hizo ver fantasmas que me rodearon. Me sequé con el antebrazo y las miré desde el suelo a través de los pastos. Comían apaciblemente. Incapaz de moverme, clavé las uñas en la tierra y esperé, observándolas con una mirada fija, obsesiva.

Encendí otro cigarrillo y aguardé, fumando, que llegara alguna orden del más allá. Sentimientos contradictorios me paralizaban. Me aferré al cigarrillo, sin pensar en otra cosa que en tragar el humo hasta la punta de los pies.

De pronto me puse de pie de un salto. Corrí atravesando cardos y ramas espinosas, sin sentir dolor alguno. En ese momento, todo cambió en el monte. Una multitud de ruidos, como el despertar de una laguna ante el disparo de una escopeta, produjo una enorme confusión entre los animales. Las ovejas se entrechocaron, sin saber hacia donde huir. Finalmente alcancé a una y la acorralé contra el alambrado. Con una fuerza inesperada, sacada de lo más íntimo de mi ser, la dominé. La llevé a la sombra, como el hombre de las cavernas llevaría mujeres hasta su cueva, y me senté sobre ella. En ese instante de dominio no sabía qué hacer. La realidad tan confusa no me dejaba pensar. Nuestras respiraciones eran simultáneas y jadeantes. Hasta que de súbito, sentí que algo se rompía debajo de mi vientre. Incapaz ya de contenerme, me deslicé hacia ella, y la cubrí, presa de una gran agitación.

Todo fue ese instante, y el resto olvido. Olvidé mi propia vida para vivir ese momento con intensidad. Ese momento que ya se había clavado en mi ser como un aguijón. El monte de las acacias se asemejó al paraíso. Los árboles, cuyo nombre en el lenguaje de las flores significa amor platónico, me habían acosado, me habían vencido.

Después, el paisaje se tornó poético. Los pájaros me acompañaban con suaves cantos. Una liebre que avanzaba al galopito, de golpe se detuvo, se levantó sobre las patas, y apuntándome con las orejas, me invitó a jugar a las escondidas. El ruido y los gritos de un arreo lejano me trajo recuerdos de mi pasada vida de resero. Sentí que una eternidad me separaba de ella.

Me recosté en el tronco de un árbol y fumé con avidez. La tranquilidad me invadía. Me sentí parte de la naturaleza. Era un árbol, un animal más. Al pensar en esto último, un terror oscuro me sobresaltó. Me levanté y me alejé del lugar. Sentí asco y huí, intentando esconderme del mundo. Pero el mundo estaba adentro mío. La engañosa paz anterior me entregó al remordimiento. El terror de no pertenecer ya a la especie humana, me arrastró a los abismos de la desesperación.

Dentro del esquema de la vida, no cabía la menor contemplación. El hecho era aborrecible. Sin creer que sería aceptado por las fuerzas celestes, me aferré al arrepentimiento. Pero eran gotas de vinagre en la boca del sediento. Saber que solamente así podría calmarme, aumentaba mi angustia. Era enorme mi deuda, y el acto consumado firmaba una sentencia. Para siempre.

Con una marca de fuego en el alma, llegué al mundo de los hombres, con los cuales tomé mate a la sombra. Ellos no sabían que la maldad anidaba en mis entrañas. Todavía me aceptaban.

DESDE EL COMEDOR

Sentados alrededor de la mesa, forman un grupo armónico. Comen con elegancia y mesura. La mesa tiene un color marrón muy atractivo. Te gusta acariciarla con las yemas de los dedos, lo mismo que a los dibujos del mantel individual. Te fascina jugar con el cuchillo de postre, con el cual finges afeitarte, firmas los platos y te limpias las uñas de las manos. Te entusiasma adivinar la marca de los vasos mirándola a través del agua. Sobre la cabeza de tu hermana ves el cuadro de flores que conoces de memoria. Miras hacia arriba y encuentras la araña. Te gustan mucho sus cristales y el juego de luces que hacen cuando están iluminados. A la hora del almuerzo, el sol cae sobre el balcón y las flores toman colores muy vivos. Te encandilas con ellas, y al volver al interior todo te parece estático. La penumbra momentánea te hace ver estatuas en vez de personas. Pero un cierto movimiento de las manos y de las bocas te vuelve a la realidad.

Casi nunca llegas al postre, y jamás tomas café. «Hemos comido y hemos bebido; demos gracias al Señor», decía tu abuela antes de levantarse de la mesa. Porque eras chico, te impresionabas al oír esa frase. Ahora, al recordarla, piensas: «Hemos comido y hemos bebido; demos gracias al Señor». Y te imaginas al Señor respondiendo: «De nada», con una irónica sonrisa en los labios.

EL ENAMORADO DE LA MUSICA

Al escuchar música, vivía en una suerte de delirio. En ella encontraba una razón de ser. Cualquier expresión musical lo enajenaba hasta el extremo de hacerle perder la noción de la realidad.

Su familia, en cambio, era poco afecta a apasionarse por algo. Juzgaban que la vida y sus acontecimientos deben seguir los cauces naturales y tranquilos, y que todo apasionamiento desvirtúa y aleja de la realidad. Pero olvidaban que ellos eran muy propensos a entablar largas conversaciones durante las sobremesas y que, a veces, dichas conversaciones estaban impregnadas de pasión o fanatismo. Llamaba la atención el hecho de que el apasionamiento que surgía en esas reuniones, era el producto de temas ya archiconocidos por todos. Y aunque cada uno sabía de antemano lo que diría el otro, el interés general no declinaba en ningún momento.

Como las sobremesas se prolongaban en el living, que luego se convertía en su dormitorio, él debía participar de ellas, aunque fuera como simple y pasivo espectador.

Agravó su situación la llegada al barrio de unos viejos conocidos, ya que éstos tomaron por costumbre invitarse a las veladas, que se hicieron mucho más largas. Al comienzo, soportó las reuniones recostado en un sillón lejano. Indiferente al humor general, despertó sospechas entre las visitas. Ellas no esperaban encontrar un disidente en sobremesas tan amenas como agradables. Pero él continuó sin dar explicaciones, esperando que el silencio y la soledad le pemitieran irse a dormir.

Más adelante, comenzaron a encender la radio durante las reuniones, para conversar con un fondo musical, Este acontecimiento interrumpió su costumbre de dormitar, ya que apenas oía algunas notas, se despabilaba por completo. Con el agravante de que la música le llegaba en pequeñas dosis entrecortadas por la conversación. A menudo reconocía la obra y la continuaba mentalmente, a pesar del ruido que la rodeaba. Se tranquilizaba y volvía al estado de indolente somnolencia.

Pero cuando el concierto o la sinfonía resultaba irreconocible, ya sea por errores técnicos de grabación, por descargas eléctricas de tormenta o porque la conversación llegaba al paroxismo, le apresaba una angustia irreprimible. Le aumentaba la temperatura y sudaba. Sus labios temblaban y su corazón latía furiosamente. En tal estado, se abrazaba a la radio intentando descifrar el nombre de lo que a duras penas oía. Ni los parientes ni las visitas se daban cuenta de su problema. Y la conversación continuaba sin declinar en ningún momento.

Para serenarse, esperaba oír el título de la obra. Era en vano, pues cuando el locutor lo anunciaba, una sonora y general carcajada demostraba el éxito de algún cuento más o menos audaz de la concurrencia.

Entonces, ya fuera de sí, salía corriendo de la casa, buscando el aire fresco de la noche como un sedante para sus nervios. En ese momento, los amantes de la conversación se enteraban de su existencia. Sin encontrar una explicación a su conducta, interrumpían momentáneamente el diálogo con evidentes muestras de disgusto, para reanudarlo luego de breves instantes de embarazoso silencio.

Tampoco pudieron encontrar una explicación lógica cuando se suicidó mientras escuchaba la sonata en Do menor de Beethoven. De todos modos, el acontecimiento fue tema de nuevas y acaloradas discusiones en las siguientes veladas.

CATARSIS

Viajas en colectivo, sentado en un asiento individual. Vas a cualquier parte (a tu trabajo, a la facultad, a encontrarte con alguien, a tu casa), y observas con indiferencia −motivada por el aburrimiento o el cansancio− las fachadas de las casas que el vehículo va dejando atrás. Sube más gente de la que baja. Hace rato que ya no hay asientos libres, y el pasillo está colmado de apretados cuerpos. El aire se hace irrespirable. Sientes el estómago pesado y sueltas el cinturón. Pero la sensación aumenta hasta transformarse en un nudo que aprieta en la boca del estómago y sube por el pecho. La palidez te invade y el corazón golpea furiosamente. Algo intenta fluir detrás de tu garganta. Entonces, la puntada en el abdomen te dobla hacia adelante. Alguien observa con espanto, pero no lo adviertes, pues un sudor frío te cubre, y detrás de los vapores del mareo próximo al desmayo, adivinas la inminencia del fin. Hasta que aparece: El vómito. Rojo y violento, choca contra las ventanillas del colectivo, astillando los vidrios, chorreando la carrocería hasta llegar al pavimento, dejando una estela púrpura al paso del vehículo. Adentro, los pasajeros mueven brazos y piernas, intentando nadar para encontrar la salida, pero pronto quedan atrapados en el enorme coágulo. Entonces, bruscamente, llega la asfixia. Desde el interior de tu sangre, sin angustia ni estridencias, te alejas hacia la nada en suave pendiente, presintiendo que lo más significativo es haber vomitado.

SUEÑO LETAL

Apareció desde la oscuridad, a tus espaldas, repentinamente. Intentaba agredirte. Lo evitaste, al mismo tiempo que te ponías en guardia. Se lanzó otra vez al ataque. Lo detuviste con un rodillazo en las ingles que lo paralizó, sorprendido y espantado. Cerraste los puños con fiereza y tus nudillos hendieron sus pómulos, su frente, sus sienes. Gritó de dolor pero no te detuviste. Se dobló nuevamente cuando le aplicaste una rodilla en la boca del estómago. Levantaste los puños unidos entre sí y los dejaste caer sobre su nuca. Exclamó un sordo gemido que se perdió en el frío de la vereda. Se levantó a duras penas. Y nuevamente la rodilla; y otra vez el golpe en la nuca. Hasta que cayó definitivamente. Con el pañuelo te limpiaste los nudillos enrojecidos. Después le escuchaste el corazón: Estaba bien muerto.

Te despertó un dolor aguijoneante en las manos. Las miraste, medio dormido aún. Sangraban. Buscaste una explicación en los bordes de la cama y en la pared. De pronto, al recordar el sueño, saltaste de la cama. Un frío viscoso cubrió tu piel. Te acercaste temblando a la cama donde dormía tu hermano, pensando en las consecuencias de tu probable sonambulismo. Respiraba con sus ronquidos característicos. Acercaste una mano, todavía impregnada en sangre, y lo tomaste suavemente del hombro. Se dio vuelta. Su semblante tranquilo te asombró. Empezaste a tocarlo, a revisarlo. No tenía ni un rasguño. Hasta que se despertó.

No tuvo tiempo de darte los buenos días. Comenzó a retorcerse de dolor en cuanto abrió los ojos. Se contraía mientras gritaba desesperado. Quisiste ayudarlo. Pensaste que tendría peritonitis o algo parecido. Pero cuando te alejó de un puñetazo comprendiste la causa de su dolor. Intentó levantarse de la cama. No pudo y su rostro se mudó en una mueca horrible. Sangraba por toda la cara. Gritó una vez más, se tomó de las ingles transido de dolor y cayó pesadamente sobre las manchadas sábanas. Su respiración se apagaba. Te acercaste a él y comprobaste horrorizado como se quedaba completamente quieto.

LA PARED

Me encontraba frente a la pared, que se erguía imponente, y apenas lograba divisar el borde. Imposible treparla por mis propios medios. Abandoné momentáneamente la idea de saltar y me concentré en la superficie que cubrían esos antiguos, enormes y encalados ladrillos. Con la mirada ascendí por ella, al tiempo que caminaba a su encuentro. El movimiento de la pared me sorprendió, atrayéndome vertiginosamente. Cuando la toqué, me sentí en las puertas de otro mundo, y comencé a participar del movimiento, hasta que debí apoyarme en ella para no caer.

Decidí alejarme. De pronto me volví para recorrerla con la mirada nuevamente, pero ahora de arriba hacia abajo, manteniendo un equilibrio cada vez más inestable. Retrocedí hasta encontrar un obstáculo. Me detuve. Abrí los ojos, extendí los brazos, y me lancé hacia la pared en una loca carrera.

No percibí el golpe, ya que entré en ella como si fuera líquida, e inmediatamente empecé a ascender en su intimidad, mientras una suave quietud se iba apoderando de mi cuerpo. Me detuve en el borde, sin forma ya, horizontalmente desparramado.

Luego, casi sin detenerme, sentí que desbordaba a la pared, cayendo y chorreando su blanca superficie con lo que fuera mi cuerpo.

LA IDEA

No puedo evitar ya su naturaleza invasiva irrefrenable. Como si fuera una enfermedad, llega, se arraiga viscosamente en mis entrañas y me tortura sin descanso día y noche. Nada logra distraerme de ella, que me corroe, que me corrompe como un cáncer maligno y pretende destruirme. Es algo siniestro que se expande continuamente en todas direcciones. La demencia total o la muerte son las únicas posibilidades que tengo para terminar con ella. Pero, aún no estoy decidido a suicidarme, y la locura no me entusiasma desde que estuve internado. Entretanto, continúo con mi lucha, solitaria e inútil.

Voy a intentar una solución temporaria. Me dejaré estar por unos minutos y, para no caer definitivamente en ella, pondré un reloj despertador que vibrará luego de media hora. Trataré de descansar sin oponerle resistencia; el timbre del reloj me volverá a la realidad.

Mis músculos se relajan. No duermo aún. Allí aparece. Tomó la forma de algo negro que aletea en el aire. Como un murciélago, se me acerca en vuelos rasantes. En una pasada se detiene sobre mi cara, cubriéndola con sus negras y pegajosas alas. Sus dientes me muerden los labios hasta hacerlos sangrar. Chupa el líquido rojo con avidez, y luego hurga en mi boca, en mi garganta. Avanza y devora lo que encuentra a su paso. Ya la siento en el estómago; mis intestinos se revuelven espasmódicos. Pero ella sigue creciendo a expensas de mis vísceras. Creo que ya me ha comido totalmente. Un charquito de sangre y excrementos queda sobre las blancas sábanas.

Oigo el sonido del despertador. Intento detenerlo, pero no puedo moverme. Pertenezco a ella que, con el ruido estridente del reloj, se asusta y se lanza a volar. Se traba en las cortinas con las alas. Se debate torpemente para salir de la trampa; encuentra el espacio libre a través de la ventana abierta. La claridad la deslumbra y sale. Flota en el aire; en el aire donde intenta volar. Pero mi peso la arrastra y cae vertiginosamente, hasta convertirse en el cadáver de la idea.

HABRASE VISTO, LA BALLENA

Amor y proteínas. Eso es lo que necesitan los niños. Y los no-niños también, grito. Un eco me responde que ya está lista la comida. Yo también estoy listo. Comer y/o ser comido. Digerir; ser digerido. Amar y/o ser amado. Ser uno por fuera y muchos por dentro. Gana el de afuera. Ganan los de adentro. No gana nadie. Hoy no hay lucha. ¿Quizá alguna pelea amistosa? No; todo está tranquilo aún. El silencio interior; el equilibrio absoluto rodeado por la soledad exterior (la falta de guerra) inmersa en el agua de la bañadera. Me siento conmovido. Esta situación me inquieta; la siento precaria y se acaba el silencio. Y la soledad (comienza la guerra). La piel muerta me cubre y me protege de la muerte. Todo lo de afuera está muerto (afuera hay guerra). Lo de adentro respira, palpita, llora y ríe utilizando a lo muerto. Llenarse de muerte. Ser una ballena que quiere filtrar todo el océano a través de su vitalidad. Desparramarla, entregarla y recibirla de nuevo. Soplar mucha agua sobre la cabeza, los hombros, la espalda. Líquido sin tiempo; espacio que regresa en otro espacio. Amor y proteínas saliendo juntos en el eterno chorro de la ballena. Soplar con ganas, zambullirse y soplar otra vez. Ya está en el agua y en el aire. En el cielo y en la tierra. En la tierra dura, con escaleras y alfombras. En el cielo, más blanco y raso que de costumbre...

—¡Fuera de aquí, mamarracho, loco del diablo! ¿Cómo se te ocurre presentarte a la mesa desnudo y escupiendo agua? ¡Habráse visto!

EL TE DERRAMADO

¡Qué divertido es correr por el pasto, descalzo! ¡Libre como el viento! El calor me acaricia la piel. ¡Cómo me gusta el verano! Ahí viene Mamá; trae galletitas con jamón y queso. Y coca-cola. Tengo hambre y sed. Más sed que hambre. ¡Qué bueno que venga ahora!Tengo ganas de abrazarla y besarla...

—Vamos, Eduardo, que ya son las siete y cuarto. Tenés que ir al colegio. ¡Ya, vamos, levantate!

El sueño con sus delicias desaparece y en cambio veo a Mamá que abre y cierra los cajones del ropero con mucho ruido. Finalmente, deja la ropa que debo ponerme sobre una silla. Me levanto, la saludo y le pido que me bese. Me responde con un raspón de sus labios y me apura para que me vista. Lo hago lentamente, sentado en la cama, mientras recuerdo algunas cosas del sueño que siguen allí, dando vueltas todavía... ¡Qué ganas de quedarme en casa alguna vez! ¡Qué ganas de estar enfermo! ¡Cómo me gustaría jugar toda la mañana con mis figuritas! Además, almorzaría con Mamá...

—Vamos, apurate, que el café con leche se te enfría—. Ah... ¿por qué rezongará siempre? Todas las mañanas lo mismo. Ya estoy en la calle. Todavía siento el gusto amargo del café que tomé apurado, con poco azúcar. Voy al colegio por el camino de siempre, Mamá me lo enseñó. No quiere que vaya por otro. Tiene miedo de que me pierda. A veces encuentro a Pepe y su Mamá antes de llegar. Caminan tomados de la mano. En la otra, ella le lleva la cartera. Entonces sigo con ellos.

Pasó mediodía. Aburrido. Las clases de historia son siempre iguales. San Martín, Belgrano, Sarmiento y otros más. ¡Qué lindo el autito de Federico! ¡Ojalá pudiera comprarme uno igual! Le voy a pedir plata a Papá el sábado. El está de buen humor antes de salir para el club.

—A almorzar, chicos— llaman.

¡Qué hambre tengo! Almorzando, pienso en el sueño de anoche; se me hace un nudo en el estómago y de golpe me siento muy triste. Ya no tengo ganas de comer. Pero termino lo que me sirvieron.

Las horas de matemáticas son divertidas; me gusta mucho hacer cuentas. La señorita me puso felicitado en el cuaderno con letras rojas porque fui el más rápido para hacer las sumas con tres cifras. ¡Cómo se va a poner de contenta Mamá cuando se lo muestre! Quizás hasta me prepare galletitas con jamón y queso. Y me dé coca-cola, en vez de té con leche. Ah... ¡Qué bueno! Siento tantas ganas de salir, que ya no aguanto más estar sentado. Cada momento me parece que no va a terminar nunca. Pero llega, por fin, la hora de la salida.

Voy solo. Mis compañeros se fueron todos juntos a la plaza, para ver la pelea de José con Alberto. Me decían «maricón» porque no iba. ¿Qué querrá decir? Bah... ¡Qué me importa! Quiero llegar a casa cuanto antes. Eso es lo único que me importa ahora.

—Hola, Mamá— me anuncio desde la puerta de calle. Siento que algo me cierra la garganta y apenas puedo hablar.

—Hola, hijo. ¿Cómo te fue en el colegio?

Adivino, por el tono de su voz, que está pensando en otra cosa, pero igualmente le contesto:

—Bien, me saqué un...— y ella me interrumpe justo cuando lo esperaba.

—Bueno, apurate y lavate las manos, que deben estar roñosas de la calle. Ya está el té servido.

Voy al baño y me refriego las manos con rabia. ¿Por qué no me escuchará nunca? ¿Por qué estará siempre apurada?

—Bueno, siéntense, que ya les sirvo— dice Mamá. Mis hermanos me miran y se ríen, pero no les hago caso. ¡Estúpidos!

—Tomá, Eduardo—. Mamá me entrega una taza llena.

—Pero... pasale a tu hermano. Bueno, ¿qué me decías hoy?— agrega, mientras unta una tostada con manteca y dulce.

—Que me fue muy bien; me saqué un felicitado en matemáticas. ¡Te lo juro! Lo tengo en el cuaderno.

—Pero venga para acá, mi amor. ¡Venga a darle un beso a su Mamá!

Vuelo de mi asiento y corro a su lado. Salto sobre sus faltas para besarla, y siento un calor húmedo en las pienas. Al mismo tiempo, oigo que algo se hace trizas contra el suelo.

—¡Hijo!... ¡Me has tirado el té encima! Pero... ¡Mirá cómo me has puesto! Ay, ay, ay... ¡Y pensar que tenía que salir en seguida! Pero... ¿por qué tendrás que ser tan atropellado? ¡Chiquilín del cuerno!

Mamá se levanta de la mesa. Camina hacia su cuarto con pasos rápidos, sosteniendo la falda del vestido con las manos. Oímos un portazo, mientras tomamos el té solos, en silencio.

MI AMIGO Y YO

Aquella vez, nos encontramos en una esquina de la plaza. Llegó como siempre, corriendo, muy agitado, y me llevó directamente a la calesita. Compró todos los boletos que pudo, y subió cuando empezaba a girar. Los papelitos le llenaban las manos y tuvo que afirmarse con los codos para no perder el equilibrio. Me hizo una seña invitándome a subir, pero no acepté. Yo estaba demasiado ocupado observando los movimientos de la gente como para poder participar de ellos. Mi amigo se sentó en un avión, luego pasó a un caballo, después montó un león, manejó un automóvil, y cuando aún no había terminado la música, ya estaba otra vez en el suelo. Corrió hasta el dueño de la calesita, que en ese momento ofrecía la sortija a los más pequeños, y le pidió que le cambiara los boletos. Yo lo miraba, medio escondido detrás de un árbol, mientras él discutía con el hombre; finalmente triunfó y nos fuimos a los juegos. Se balanceó vertiginosamente en una hamaca, se largó varias veces por el tobogán, me dio una tregua en el sube y baja, y después me abandonó para ir a jugar a la pelota con otros chicos.

Inmediatamente, sentí alivio y tristeza. Respiré hondamente, y empecé a caminar por los senderos de la plaza. No sabía qué hacer, pero no me importaba demasiado. Caminaba sin rumbo, pateando de vez en cuando alguna piedra, alguna rama, alguna semilla de esos grandiosos árboles que allá, muy arriba, alcanzaban a unirse, convirtiendo por momentos al sendero en un enorme túnel. Observaba a las parejas que se abrazaban, a los viejos con sus perros o sus partidas de ajedrez.

Cuando volví a encontrarlo, corría hacia mí completamente rojo, sudoroso y agitado. Sentí ganas de estar en la otra punta de la plaza. Sin embargo, me detuve y lo esperé. Llegó y comenzó a explicarme con palabras que se le atragantaban, las vicisitudes del partido de fútbol. Quise alejarme; volver de una vez a mi casa, pero no podía dejar de escucharlo. Sus ojos brillaban; sus labios se acercaban a mi cara moviéndose sin parar y emitiendo una nube de partículas. Cuando me agarró de un brazo, sentí que ya no podía soportarlo más y me sacudí, empujándolo.

—¡Eh, ché! ¿Qué te pasa? ¿No somos amigos, acaso?— dijo él, jadeando aún, completamente sorprendido.

—¿Qué tiene eso que ver?— respondí, para decir algo. Después aclaré—: No me pasa nada. ¿No ves que no me pasa nada?

El empezó a saltar, alejándose sin darme la espalda. De golpe, levantó una mano y gritó:

—Chau, loco, lunático. Chau, morite solo, chau—. Se volvió y se fue corriendo.

Regresé a mi casa confundido; caminaba sin despegar la mirada de las baldosas de la vereda. No entendía bien lo que me sucedía. Si él era mi amigo, ¿por qué no lo soportaba cuando lo tenía cerca? Se me hizo un nudo en el estómago y empecé a sentir ganas de llorar. Me di cuenta de que necesitaba estar solo, pero no me gustaban las consecuencias que acarreaba esa necesidad. Y me había quedado sin amigos; él era el único que me aguantaba. Levanté de golpe la cabeza y corrí hasta llegar a mi casa. Busqué el teléfono y lo llamé, proponiéndole que al día siguiente nos encontráramos otra vez en la plaza.

No aceptó, y encima me mandó a freír churros.

Nos volvimos a encontrar tres años más tarde, cuando empezamos el último grado en el mismo colegio. No me alegré demasiado al verlo, ni me acerqué a él, que a su vez me ignoró desde el primer día de clase. Tenía ya un grupo de amigos. En la clase me sentaba lejos de ellos.

Un día, mientras la maestra escribía en el pizarrón, él tiró una goma de borrar, que pegó con fuerza contra el escritorio. La señorita se volvió sorprendida, y cuando vio la goma en el piso se puso seria. La recogió, nos miró a todos y preguntó:

—¿A quién se le cayó ésto?— y luego, ya directamente:

—Vamos, ¿quién fue?— y mostraba la goma.

Le contestó un silencio absoluto. Empecé a sentirme incómodo. ¿Por qué no se decidía de una vez? Ella bajó de la tarima y caminó a lo largo de los bancos. Miraba a los alumnos uno por uno, sin decir ni una palabra. Cuando pasó junto a él, la miró desafiante sin moverse del asiento. Al llegar a mi lado, ya me había resuelto y me puse de pie.

—Yo fui, señorita— dije con una voz muy baja; aclaré la garganta y seguí—: Fue un descuido, ¿sabe?

En ese momento, él se levantó de un salto, haciendo ruido con el pupitre. Agitó la mano y llamó:

—Señorita, no fue él. A mí se me cayó la goma,

señorita.

Ella nos miraba alternativamente. Se había cruzado de brazos y movía la cabeza. Parecía pensar mucho y con gran rapidez. En ese momento se oyó el timbre y dejó salir al recreo a los demás. Nos quedamos con ella, que nos llevó hasta su escritorio.

—A ver si nos ponemos de acuerdo, ¿eh? Si no me dicen quién fue, los mando a los dos a la Dirección. ¿Entendieron?

Ambos insistimos en la posesión de la goma. Y debimos presentarnos en la Dirección, donde nos aplicaron cinco amonestaciones a cada uno.

En la clase, los demás nos aguardaban interrogantes. Nos separamos sin hablar, pero a la salida de la escuela allí estaba, moviéndose continuamente, devorado por la ansiedad.

—Vamos a la plaza— me gritó con rabia—. Esto lo arreglamos ahora en la plaza.

El desenlace me resultó casi obligado, irremediable. Físicamente me sentía inferior a él; no tenía ganas de pelear, pero también reconocía que me lo había buscado yo solito.

Llegamos; nos quitamos los guardapolvos y empezamos a trompearnos. Al rato, la sangre brotaba a chorros de mi nariz, y los jueces detuvieron la pelea. Era suficiente. El se me acercó, ya sin bronca:

—Podrás ser boludo, flaco, pero maricón seguro que no sos— me elogió con una voz ronca, todavía agitada.

Lo miré y me encogí de hombros. Empezaba a entender lo que había ocurrido, y el dolor físico en mi cara vapuleada se alivió casi inmediatamente. Con un pañuelo intentaba sujetar la sangre de la nariz, cuando sentí su mano que se apoyaba con fuerza sobre mi hombro.

—Un día de estos podemos organizar un partidito, ¿eh flaco?— dijo con una voz que me hizo recordar otros tiempos. Lo miré nuevamente, asentí con la cabeza y empecé a caminar lentamente hacia mi casa. Mi aspecto, bastante lamentable, unido al dolor en la cara, no me impedían sentirme medianamente bien. Sí, señor, bastante bien. Ya podía caminar solo rumbo a casa, porque no estaba solo. No señor, y ya empezaba a saborear las probables vicisitudes del inminente partido. Sí señor, porque así nomás iba a ser.

LA CASA

Al quitar la araña del techo del living, dejaron al descubierto un perfecto ombligo. Entonces, tuve la certeza de que mi casa era una mujer. A partir de ese momento, cuando recorrría los cuartos o los baños, la cocina, el corredor o la terraza, en todas partes percibía su presencia viva, palpitante. Llegué a comprender que existía una arbitraria distribución de sus miembros, de sus órganos, de sus sentidos. En la chimenea sentía su respiración; a veces tranquila y acompasada por el sueño, otras agitada y anhelante. Entonces me alejaba confundido, pues mis sensaciones se agudizaban hasta hacerse intolerables. En la cocina sucedía algo semejante: Escuchaba palpitaciones regulares, que de pronto cambiaban a un ritmo de tambores enloquecedor, por lo que debía abandonar la comida a medio hacer. Al entrar en cualquiera de los cuartos, vislumbraba un rápido movimiento, como de miembros que se enrollan y desenrollan. En los baños sentía su mirada clavada en mi cuerpo, a veces tierna, otras devorada por la pasión. En el comedor, a la hora de las comidas, llegó a perturbarme de tal manera con sus insinuaciones que dejé de concurrir a la mesa familiar.

Un día me sorprendí acariciando sus paredes y sus puertas, mientras besaba con vehemencia los vidrios de las ventanas y los azulejos de la cocina. Entonces, un imperioso deseo me decidió un mediodía y concurrí otra vez al comedor. Durante el primer plato, comí sintiendo un cosquilleo en los brazos y en el cuello. Al empezar el segundo, la sensación se corrió al vientre, mis labios temblaban y los cubiertos se hicieron cada vez más difíciles de manejar. Comí el postre con la mirada perdida por el inminente éxtasis. De súbito, bajó por mi espina dorsal una suerte de descarga eléctrica, cuando sentía que el comedor se agrandaba y se achicaba al ritmo de mis palpitaciones. Próximo al desmayo, me deslicé de la silla y caí al suelo por debajo de la mesa. Apoyé los pies en ella y grité, al tiempo que extendía las piernas. La mesa voló, estrellándose contra el techo y desparramando una nube de astillas por toda la habitación. En ese momento, el abrazo se hizo completo. Las paredes me rodearon, los vidrios se arrojaron sobre mí con besos interminables. Los cuartos se escondían entre mis miembros y la chimenea me ahogaba con su jadeo. Hasta que todo se desmoronó, para luego volar en pedazos.

—Así queda muy bien— dijo mi madre al ver colocada la nueva araña en el techo del living.

—No me parece adecuada al estilo de los muebles— observé por decir algo, mientras contemplaba con dolor e impotencia la agonía de mi amante.

LA LUCHA

Esa sensación nueva que llevas adentro desde que vieras al cerdo. Es como una rebelión contra algo que apenas logras imaginar. Sin embargo, avanza, empuja y aplasta todo lo que se interpone en su camino hacia él con una fuerza arrolladora. Nada puede detenerla... ¿O sí? Tal vez el terror al tigre, que ataca sorpresivamente, o a la serpiente que se descuelga para triturar con sus anillos. El miedo al feroz tiburón o al pico despiadado del buitre. No, ni siquiera la furia de esas bestias la detiene. Encuentras al cerdo, que se vuelve hacia ellos moviendo el cuerpo con lentitud y voluptuosidad. El tigre huye al verlo. Te alegras cuando ves desaparecer a la serpiente bajo sus pezuñas y al tiburón entre sus blancos colmillos. El buitre emprende el vuelo y se pierde inmediatamente allá arriba. El momento crucial se acerca. La pasión devora tus entrañas, y él te impulsa y viene la decisión, única y verdadera desde el comienzo de tu existencia. La aceptación de esa rebeldía como la parte central de tu vida; la afirmación de la esencia del cerdo, que te penetra hasta tus más recónditos secretos.

Luego, la fuerza de la rebelión se aleja junto con el cerdo y quedas solo, en una realidad desconcertante. Te sientes desamparado. El, ya satisfecho, duerme apaciblemente. Ahora no le interesas. ¿Ahora?... ¡Cuidado!, que ya las bestias se están aprontando. Sí, te acorralan y te envuelven con sus garras y sus fauces. Buscas inútilmente ayuda en el cerdo. Sólo enfureces al cuarteto siniestro con el recuerdo de tu experiencia anterior. Un dolor insoportable te invade cuando el tigre hunde sus colmillos y sus garras en tu carne. El tiburón aprovecha tu cabeza para clavar una y otra vez sus dientes voraces. El buitre se apodera de tus ojos con su agudo pico. Cuando crees haber llegado al límite del sufrimiento soportable, la serpiente lo exalta hasta el delirio, triturando centímetro a centímetro los restos de tu destrozado cuerpo.

Ya las bestias te dejaron libre; parecería que se cansaron de torturarte. Vives la más completa agonía. Ahora, ¿seguirás adorando al cerdo, que descansa con placidez cuando sufres un infierno por su culpa? ¡No! Mientras te repones, tu odio hacia él crece. Las fieras te observan, ansiosas pero quietas. La expresión cavilosa de tu rostro les impone respeto. Se miran con complicidad; te están esperando. Cuando comprendes que son tus aliados, inmediatamente sientes que la sangre vuelve a fluir por tus venas. Olvidas la incomodidad de las heridas, y decides terminar con el cerdo. Lo destrozarás hasta hacerlo desaparecer. Tus nuevos amigos ayudarán a consumar ese acto vital para tu supervivencia. El cerdo continúa echado, ofreciendo la espalda cándidamente. Te acercas, lo sientes respirar y te estremeces. Las cuatro bestias te rodean para recibir instrucciones. Decides enviar a la serpiente y al tigre por ambos costados. El buitre atacará en cuanto lleguen y le vaciará los ojos de dos picotazos. El tiburón permanecerá contigo, cubriendo la retaguardia.

La serpiente se le acerca, pero a medida que avanza disminuye de tamaño hasta desaparecer, como una culebra, en una mata de pastos. Desesperado, compruebas que el tigre se ha transformado en un inocente gatito, que juega con la enrulada cola del cerdo. Temes que lo despierte antes de la llegada del ave de rapiña. Miras con impaciencia hacia arriba. Pero sólo encuentras un delicado gorrión, que vuela a su alrededor y termina por posarse en su lomo. Juguetea en él y logra despertarlo. El cerdo se endereza lentamente y te busca con una lánguida mirada. Te sientes débil, otra vez a su merced. Tiemblas al recordar al tiburón. Sospechando su pequeñez, te vuelves y lo tomas para ofrecérselo. Es un bagre, que devora con glotonería en un santiamén. Después, te contempla con deleite. Sabes lo que va a ocurrir e intentas escapar. Pero ya no puedes hacerlo. Caes al suelo y te abres al fluido que, emanando de él, impregna tu intimidad con su mágica esencia. Es una corriente maravillosa que te mantiene en un continuo éxtasis. Pierdes la noción del tiempo, del espacio, de tu persona. Y sólo existe el cerdo, único, poderoso, adorable.

Lentamente, como si volvieras de algún sueño ancestral, comienzas a percibir los límites de tu dimensión. Intuyes que el cerdo se ha ido a descansar, pero aún no te atreves a maldecirlo. El estrépito que producen las fieras al acercarse, termina por despabilarte. La culebra aparece transformada otra vez en una serpiente. El gatito ha crecido. Miras hacia arriba y unas garras se apoderan de tu frente. Luego, el pico vaciará tus ojos. Un dolor lacerante en las piernas te recuerda la presencia del tiburón. Los cuatro se arrojan con voracidad sobre tu cuerpo. En el último instante de lucidez, observas el lomo ancho y marrón de aquél que ahora reposa en su cubil. Juras ultimarlo la próxima vez con los que serán tus amigos, y decides soportar la tortura estoicamente. Esto es un entrenamiento, piensas. Es la necesaria purificación previa a la gran venganza. Pero, más allá de tus actuales convicciones, en tu fuero íntimo, sabes que el cerdo es invulnerable y que derrotará a tus fugaces aliados cuantas veces se le enfrenten. Esta oscura verdad enceguece a las bestias que, a pesar de no comprender totalmente su significado, redoblan sus ímpetus en pro de tu sometimiento final.

LA NIÑA ATADA

Una niña suspendida de las muñecas por una soga, en el aire del centro de un cuarto. Un hombre se le acerca y la castiga con un cinturón. Ella ríe y llora, acompañando a los golpes con entrecortados sollozos.

El hombre se cansa de pegarle con el cinturón y opta por los puños. La niña torna a sonreír cada vez que siente los nudillos en su piel, cuando las lágrimas ruedan por sus mejillas.

El hombre también se cansa de castigarla con los puños y decide liberarla.

—Ya no quiero pegarte— le dice en voz baja—. Ahora quiero amarte.

La niña lo mira fijamente, mientras se frota las muñecas entumecidas. De pronto, rompe a llorar. Grita desesperada. El hombre se compadece del llanto y se le acerca para consolarla. Entonces, la niña cambia súbitamente de humor. El hombre no comprende; la carcajada lo detiene pero ya es tarde. Ella abre la boca, enorme, y lo ingiere. Lo mastica y lo traga. Después siente náuseas y lo vomita, convertido en una masa informe.

LA VENTANA

Elena se acerca a la ventana. Mira hacia afuera y le duelen los ojos al recibir directamente el sol de la tarde. Se protege con una mano, parpadea varias veces, y después intenta sonreír. Se imagina allá, entre los automóviles y las bicicletas, caminando a un costado del camino, o quizá sobre un carro tirado por caballos. Piensa que la naturaleza ablanda a las personas. Por lo menos allí afuera parecen mejores que cuando acuden a visitarla. Apoya los codos sobre el marco de la ventana, respira hondamente y, por un momento, se siente partícipe de la vida que la rodea.

Ese chico que se acerca, es muy parecido a... ¡No, no puede ser! Cierras la ventana y lo miras desde el interior del cuarto. ¡Que no se le ocurra entrar aquí! Ya casi está en la planta baja. No siguió. Te retiras hasta la cama confundida, temblando, y la agitación trepa por tu pecho y te cierra la garganta. Te sientas y esperas, sin saber bien qué, mientras tu respiración se aquieta poco a poco. De pronto, unos golpes muy suaves en la puerta y vuelves a estremecerte. ¿Será él? Te quitas el vestido y lo cuelgas del marco de la ventana. La penumbra te convierte en una sombra. ¿Y si lo ignoro? No, no puedo; el patrón me echaría a la calle. Finalmente te decides y abres la puerta. Otra sombra, muy delgada, entra al cuarto. Camina lentamente. Quiere ver todo pero no se atreve a observar nada. Te mira sin reconocerte; está muy nervioso y no cesa de restregarse las manos. Alcanza a murmurar un saludo, que contestas con la voz velada. Entonces, él comienza a desvestirse junto a la silla, escondiéndose de tu mirada detrás del ancho respaldo. Pero ya no lo miras. Te quitas el resto de las ropas y lo esperas acostada en la cama. Se acerca desnudo; emana de él una pureza que te resulta extraña en este sitio. Se acuesta a tu lado y lo sientes temblar en los brazos, en las rodillas, en su boca entreabierta. Lo abrazas. Te gustaría calmarlo con otro abrazo, con otros besos. Y comienzas a besarlo en las mejillas y en el cuello con infinita ternura. El demuestra una inesperada pasión. Lo dejas hacer. Los recuerdos se agolpan en tu mente, confundiendo la realidad. Los bordes luminosos de la ventana se diluyen paulatinamente. Hasta que, olvidando quien es quien, lo tomas en tus brazos y lo amas como nunca hubieras creído amar a ningún hombre.

Las lágrimas corren por tus mejillas, mezcladas con la transpiración. Acostada, ocultas el rostro bajo los brazos. Escondiendo la voz otra vez, le pides que se vista y que se vaya. Antes de irse, deja unos billetes sobre la mesita de luz. El dinero que te pidiera para ir al cinematógrafo.

Sola otra vez, te levantas y quitas el vestido de la ventana. Quieres distinguir al niño a través de la oscuridad.Alguien pasa por debajo de un farol y crees reconocerlo. Pero el que se aleja camina con pasos muy firmes y silba con habilidad. Arrugas el ceño y te asomas para mirar hacia el otro extremo de la calle. No ves a nadie y vuelves al interior de la habitación. Entonces, comienzas a sentir un calor muy suave que sube por tu vientre y te recorre íntegra. Arden tus mejillas; un imperioso deseo te inunda y te abrazas, encogida y apretada contra el pecho. Fuiste una mujer. Por primera vez en tu vida gozaste y te dejaste amar así sobre una cama. Suspiras y luego te alejas de la ventana, dejando que la noche entre a través de ese pedazo de no-pared.

De súbito, Elena oye golpes en la puerta. Se estremece, siente escalofríos y ganas de gritar o huir. Se aleja hacia un rincón. Otros golpes, y después alguien que abre la puerta. En seguida, unos brazos fuertes se apoderan de sus hombros, de su cintura, de sus nalgas. La puerta se cierra y su cuerpo se abre. Como siempre. La costumbre le ayuda a soportar el abrazo que, violentamente, borra todo vestigio del anterior. La ventana sigue abierta. Elena la contempla obsesivamente por encima de esos hombros enormes, velludos y sudados. Es la última comunicación que le queda con el mundo. Esta es la realidad. El niño fue al cinematógrafo. El niño no estuvo nunca aquí. Soñaba.

ACOMPAÑADO

Leito llega al arroyo montado en el viejo lobuno. El animal, piel y huesos, esférica panza y enredadas crines, se sacude el cuero de oveja del lomo y comienza a mordisquear el pasto de los alrededores. Desentendiéndose de él, el niño se arremanga los pantalones, se quita la camisa y las alpargatas. Luego desenrolla la línea, ondea el hilo, para finalmente depositarlo con cuidado en el suelo. El agua, quieta, refleja con fuerza el sol de enero. Cava en la tierra negra con el cuchillito hasta encontrar lombrices. Divide una en varios trozos, que enhebra con habilidad en los anzuelos. Entonces, se pone de pie y revolea la línea, para luego lanzarla hacia el centro del arroyo. Después se sienta en el pasto con la punta del hilo en una mano y los pies dentro del agua tibia, que los devora inmediatamente con su opacidad. Leito chapotea para recobrarlos y sonríe al verlos aparecer. Luego se queda quieto, esperando. El sol calienta su pelo renegrido y los hombros desnudos hierven en la tarde sofocante.

Un año atrás, en una tarde similar, él y Juna pescaban en esa misma agua cálida y turbia. Entonces, desde la orilla, contemplaba a su hermano mayor que recogía y tiraba la línea una y otra vez, parado en lo más profundo del arroyo, sin sacar nada.

—A esta hora y con este calor, no van a picar— le dijo a su hermano, que se acercaba moviendo ruidosamente el agua. Más allá, donde el arroyo se alejaba hacia el monte de Las Torcazas, unos sauces invitaban con su sombra. Juna los observaba. Al rato, caminó hacia los árboles arrastrando la línea. El no quiso seguirlo y permaneció allí, con los pies hundidos en el barro.

Se recuesta sobre el pasto cubriéndose los ojos con los brazos. Ya los pies sumergidos no lo refrescan. Leito siente en términos de luz, calor, ruido de pastos estrujados por los dientes del lobuno y ese olor áspero del agua medio estancada que le entra como fuego por la nariz. No sopla una gota de viento. De pronto se incorpora, saca del bolsillo un pan con queso y dulce y empieza a comer. Sentirá sed, pero no le importa esa perspectiva.

Atardecía cuando Juna regresó con la caña en una mano, dos mojarritas prendidas a los anzuelos y una expresión de triunfo en el rostro.

—¿A que vos no sacaste nada?— desafiaba desde lejos. El contestó moviendo negativamente la cabeza, cuando de pronto sintió la presión de la línea entre sus dedos; al tirar, trajo una mojarra en la punta del anzuelo dando coletazos.

—Mirá, me trajiste suerte. Y hasta parece que es más grande que las dos tuyas juntas— le dijo a Juna, que lo miraba sorprendido.

—¡Qué va a ser!— Se agacharon y las compararon. El contemplaba el serio perfil de su hermano, que manejaba los pescados con sumo cuidado, y sintió deseos de tocarlo. Pero no se atrevió. En cambio, recogió las mojarritas y las guardó en un bolsillo. Su mano se detuvo un instante, para luego surgir con dos cigarrillos, torcidos y arrugados. Sonrió, mientras miraba a su hermano con mal disimulado orgullo.

—¿Cómo es que no se te rompieron? -preguntó inútilmente Juna.Tomó uno sin esperar respuesta y encendieron, juntando las caras hacia el fósforo. Echaban humo por la boca y las narices, tosían y reían. Fumaron hasta quemarse los dedos. Con la última pitada arrojaron las colillas al agua que, lentamente, había empezado a moverse. El sol se escondía y una leve brisa se levantaba desde el sur. Sintieron sed y hambre.

—¿Seguimos probando?

—Mejor volvamos.

Subieron enancados al tordillo y regresaron al galope. Cuando pasaron por el monte de eucaliptos se detuvieron para arrancar hojas. Las chupaban, las masticaban y después escupían, para quitarse el olor del tabaco. El se sujetaba de la cintura de Juna con ambos brazos. No montaba como su hermano, que dirigía al caballo despreocupadamente, con las riendas tan sueltas como la actitud de su cuerpo, mientras hablaba y silbaba, intercalando palabras y sonidos de su repertorio particular.

Se despierta. El hilo se ha desprendido de sus dedos y navega detrás del corcho. Leito entra al agua para recuperarlo, cuando de pronto observa que el corcho cabecea, solicitado desde abajo. Se apresura a recoger la línea, que viene con una mojarra pequeña suspendida de un anzuelo. La mira, le da pena y está a punto de devolverla al arroyo, pero luego decide ignorarla y guarda todo descuidadamente en una bolsa de arpillera. Se viste intentando no ensuciar la ropa, mientras su único testigo levanta la cabeza y lo mira, inmóvil, con un manojo de pasto entre los dientes. Parece querer interrogar al niño, que se acerca hablándole. Recoge el cuero, las riendas y monta, suspendido a la crin de la cruz y trepando por etapas, como le enseñara Juna.

—Vamos, pingo viejo. Vamos, mancarrón, vamos— apremia Leito al lobuno con voz gruesa, casi de hombre, mientras talonea con energía. Pero el caballo lo ignora. Camina despacio, en zig-zag, devorando concienzudamente todas las flores de cardos del camino. Leito decide llegarse hasta lo de doña Elisa para tomar agua fresca. Entre tanto, dormita cuneado por el lento y rítmico paso del caballo.

Al llegar, se desprendió de su hermano, y saltó al suelo. Era casi de noche. Acompañó a Juna, que soltó al tordillo en el pequeño potrero donde dormía la tropilla. El animal relinchó, se revolcó en la tierra y se sacudió, levantando una nube de polvo, para alejarse después al trote en busca de los otros caballos.

—Podríamos haberlo bañado— le advirtió Juna —. Si Papá lo ve sudando se va a enojar ...

—Y bueno, está oscuro ... mañana lo rasqueteamos bien— agregó él, que ya caminaba hacia la casa. Entraron. Su madre cocinaba. Se le acercaron y la besaron.

—¿Dónde estuvieron, sabandijas? ¿No habrán ido otra vez al arroyo, eh?— Los miraba simulando enojo. El hurgó en un bolsillo y le mostró las mojarritas.

—Mirá, hoy pescamos tres. ¿Vas a cocinarlas?

—Mmmm... vayan primero a lavarse. ¡Pero miren el barro que traen en los pantalones! ¡Rápido, desaparezcan antes de que llegue su padre y los vea así!— rezongó ella, mientras tomaba los pescados.

Cuando se sentaron a la mesa, ya los esperaba un plato humeante frente a cada silla, varias rodajas de galleta recostadas una contra otra y más allá, otro plato con tres figuras doradas y retorcidas, probablemente muy crocantes. Los niños se miraron un instante, felices, y apuraron el guiso para luego devorar los pescados. Cuando terminaron, ella les trajo una jarra de agua. Comieron y bebieron sin hablar, sintiendo sólo el sabor y el aroma de la comida, la frescura del agua y esa dulce suavidad que irradiaba siempre la presencia de su madre.

Llega a lo de doña Elisa sintiendo una sed abrasadora. Baja del matungo y va directamente hasta la bomba. Bebe varios jarros de agua y luego se remoja la cabeza. Jadea. Doña Elisa ha advertido su presencia y se acerca, secándose las manos en el delantal.

—¡Qué gusto, Leito, otra vez por acá! Pero... ¡despacio, muchacho, que así te me vas a pasmar!— y acompaña sus palabras con suaves palmadas en el hombro del niño—. Vamos, vení, pasá un rato adentro— invita finalmente.

Entran. Toman mate y comen frituras dulces. Ella habla; de vez en cuando le hace preguntas al niño frunciendo el ceño y mirándolo con cariño y preocupación. El contesta con monosílabos, incómodo, un tanto arrepentido de no haber tomado agua en el molino de la entrada. Y ahora espera, sin saber bien qué. Solamente espera. Cuando la luz se desvanece, recostándose sobre el horizonte, Leito encuentra el pretexto para irse.

Cuando llega a la casa encuentra a su padre, que ya junta leña para encender la cocina.

—Está fresco, ¿eh?— murmura éste, agachado frente a la boca de la hornilla. Sopla hasta que las llamas chisporrotean casi sobre su cara. Entonces se incorpora, tosiendo, y cierra la tapa de un golpe.

—Ajá... capaz que se nos cae una helada esta noche— replica el niño, mientras deja los aparejos de pesca sobre la pileta. El padre ríe ante la exageración; luego sigue hablando, casi consigo mismo, mientras va de un lado para el otro preparando la cena: Un toro rompió el alambrado lindero con los campos de Fernández y hubo que arreglarlo antes de que se pasara toda la hacienda...

Leito intenta escucharlo mientras limpia y pone la mesa. Después sale para traer la botella de vino que se refresca debajo de la bomba. El padre se sienta, descorcha la botella y se sirve un vaso hasta desbordarlo. Bebe la mitad y lo deja exactamente en el círculo violáceo que marca en el hule el vino derramado. El silencio envuelve sus gestos, y Leito tiene la sensación de encontrarse en la iglesia. Se sienta frente a él, que en ese momento se incorpora para controlar la carne. Un perro ladra a lo lejos; el galgo responde desde debajo de la ventana y se entabla un duelo de ladridos que el hombre interrumpe con voz autoritaria. Leito, que lo observa de reojo, desvía la mirada hacia la galleta. Corta una rebanada y tironea con desgana de ella. La abandona cuando su padre trae la carne chirriando sobre una tabla.

Comen en silencio. De súbito, la ventana se abre y un gato se cuela con parsimonia hasta la pileta. Leito levanta los ojos del plato para verlo escapar con la cola de la mojarrita asomándole a un costado de la boca. Entonces deja de comer, a pesar de las insistencias de su padre.

Cuando se van a dormir, Leito se ve acostado en la cama junto a su hermano, en el cuarto ahora transformado en despensa. Su madre se les acercaba para besarlos y tirarles de las orejas, mientras la sombra del padre les deseaba las buenas noches desde el marco de la puerta.

A pesar de la tibieza de la noche, Leito siente frío en la espalda y en las piernas. Se cubre con el poncho, acostado en la cama grande de su padre, lejos de él, que ya duerme. Se encoge, temblando, mientras llora en silencio. No volverá nunca más al arroyo; no volverá a recordar a Juna ni a su madre, porque ellos no están más. No están más. Ahoga un sollozo y luego se queda quieto, mordiendo una punta de la almohada. Lo arrullan los ronquidos acompasados de su padre cuando se hunde, poco a poco, en el apesadumbrado sueño de todas las noches.

Pero esta vez sueña con una extraña intensidad, y las habituales imágenes de aquella noche aparecen con singular nitidez: «Después de cenar, se acuesta con Juna y se miran a los ojos sin hablar, recordando los sucesos de la tarde. Súbitamente, aparece don Remigio en el Ford 35; ya es de día y el hombre les anuncia que la abuela está muy mal. Su madre prepara apresuradamente una valija; llevará a Juna con ella. Ya suben los tres al automóvil, cuando Leito corre hacia ellos. Ignora el llamado de su padre y, violando la estructura real de los acontecimientos, entra al Ford cambiándose con Juna. Su madre lo acepta con naturalidad y parten. Leito viaja pendiente del movimiento del campo, que se aleja continuamente hacia atrás, a través del vidrio de la ventanilla. Su madre habla con Don Remigio, que se inclina de cuando en cuando hacia ella y le contesta gritando por encima del rugido del motor. Leito se vuelve para mirar por la ventanilla trasera, cuando siente que el automóvil dobla bruscamente y sube a la ruta, a pesar de la estridencia de una bocina. Entonces, percibe un ruido que, con extraordinaria violencia, arruga y retuerce todo en un instante...»

El niño despierta bañado en transpiración. Arroja el poncho hacia los pies de la cama y se percata de que el padre ya se ha levantado. Afuera, la luz pugna por dar forma a los árboles, a los animales, a las casas, y la tierra comienza a distinguirse de los manchones verdes, cubiertos aún por el rocío. Se seca con la sábana y luego se viste. En la cocina, su padre toma mate. Enorme y sólido, el hombre parece una prolongación de las paredes de la casa. Al verlo, el niño siente la necesidad de tocarlo; se le acerca y, de improviso, lo abraza hundiendo la cara en la tibia dureza de su espalda. El mate relincha, y el hombre se vuelve sonriendo.

—¿Vamos al campo, muchacho? ¿Me acompañás hoy?— invita.

—Vamos— responde el niño, recibiendo con singular aplomo el mate caliente y espumoso que la mano de su padre le ofrece como definitivo gesto de bienvenida.

METAMORFOSIS

Vivía en el agua. Había nacido de la transformación de un corcho en una piedra. Cuando lo supo, quiso conocer a su madre, que flotaba en la superficie del agua. Pero el aire lo asfixiaba. Comprendió entonces que para acercarse a ella debía esperar hasta que se transformara nuevamente en piedra.

Al tiempo, la metamorfosis se produjo. Cuando la vio descender, se le acercó y la rozó, acariciándola. Mientras, del cuerpo de ella emergía un pequeño apéndice, que rápidamente se desprendió y se fue hacia el fondo. Transformada nuevamente en un corcho, ella volvió a la superficie emitiendo una nube de pequeñas burbujas.

La siguió, movido por un incontenible impulso, y de improviso sintió el mareo que le anunciaba la proximidad de la asfixia. Se asustó, quiso descender, pero ya no podía hacerlo. Presa de una indecible angustia, se dejó ir hacia el fin. Pero al llegar a la superficie, la sensación de ahogo se desvaneció y pudo comprobar que ya no necesitaba respirar como antes. Era un corcho y flotaba, contento, casi feliz, junto a otro, probablemente su madre.

Abajo, otro ser intentaba repetir el ciclo.

LA LLAMADA
(Urgencias a domicilio)

Buenos Aires, 1975

I

Ernesto Ledesma, médico de niños, trabaja en el sector de urgencias a domicilio del sanatorio. Y una vez por semana recorre la ciudad de punta a punta y de cabo a rabo, día y noche, cumpliendo con las visitas pediátricas. A veces comienza en Puente Saavedra; de allí pasa a Barracas, Mataderos o Villa Urquiza, rodando luego por Constitución, Belgrano, La Paternal o La Boca, para terminar, quizá, en Núñez o en Lugano.

El sanatorio se comunica con él a través del sistema de radiollamado. Al comenzar la guardia le entregan el siniestro aparatito, que le transmitirá -uno tras otro y con fidelidad variable- los mensajes que vayan surgiendo a lo largo de esas veinticuatro horas. Este aparatito carece del don de la oportunidad y más de una vez suena con estridencia en lo más apretado del tráfico, y entonces el hombre debe tomar el trasto con la mano izquierda oprimiendo el botón -para que salga la voz con el mensaje-, mientras conduce con el mismo antebrazo y busca la lapicera con la otra mano para anotar en el bloc previamente dispuesto en el asiento contiguo. Entretanto, hay que esquivar los autos que se adelantan zigzagueantes, o hay que evitar a quienes frenan bruscamente para recoger o descargar pasajeros, o al peatón distraído que se atreve a cruzar la avenida con el semáforo en verde.

Son las once y media de la noche. El día ha sido agitado, ya que realizó más de veinte visitas en sitios bastante alejados entre sí. Se acerca a su casa para comer y descansar un rato, cuando surge una nueva llamada:

—¡Atención, abonado 19 ... ! Visita número veintisiete, en la calle Zañartu 12..., casa -aquí suspira aliviado, pues no está preparado para anotar con la necesaria velocidad toda la serie de números y letras que hubiera implicado un departamento-, entre Cachimayo y Picheuta; seis meses, fiebre alta y convulsiones. ¡Urgente! Repito...

Cuando le transmiten el mensaje por segunda vez, ya Ledesma ha detenido el automóvil con la luz interior encendida. Protesta, o dice alguna palabrota hacia la calle pues esta visita no puede esperar y él está hambriento y saturado de andar de un lado para el otro. Suspira otra vez, y luego ubica la calle en el mapa. Recuerda esa dirección. Estuvo allí no hace más de tres o cuatro semanas. Una familia agradable; el niño tenía un simple catarro. Ilumina la calle con los faros bajos, apaga la luz interior, coloca el cambio y arranca. Tomará por San Juan, Directorio, José María Moreno hacia la izquierda, y a dos cuadras de Cobo...

El viaje no dura más de quince minutos. A pesar de la oscuridad de la calle, Ledesma localiza la casa sin dificultad. Baja del automóvil y camina hacia la puerta. Una ráfaga helada le golpea en la cara y se le gana por entre los pliegues del sobretodo; se estremece y llega al umbral dando pequeños saltos. Oprime el timbre y espera. No hay respuesta. Prueba otra vez, ya con menor suavidad. A través de la rendija inferior de la puerta puede comprobar la oscuridad interior de la casa. Ni una pizca de luz. Piensa con fastidio que tal vez equivocaron la dirección y hace vibrar el timbre nuevamente, ahora larga y profundamente. Casi simultáneamente, se enciende una luz y alguien acude a la puerta. Ledesma se anuncia:

—Buenas noches. Vengo del sanatorio. Soy el médico de niños.

—¿Cómo? Nosotros no hemos llamado a ningún médico—. El asombro del dueño de casa parece auténtico. Se frota los ojos, estremeciéndose por el frío.

—Deben estar equivocados. Aquí no es. Pero... usted, ¿no es el doctor...?

—Ledesma. ¿Se acuerda de mí?

—Claro, doctor, ¿cómo no me voy a acordar?— dice el hombre golpeándose la frente con la palma de la mano. Y, ya temblando, invita—: Pero, ¿por qué no pasa? Aquí, con este tornillo nos vamos a congelar. Venga, pase.

Entran. En ese momento se les agrega la señora, ajustándose por la cintura una larga bata. Reconoce a Ledesma y estira hacia él una mano blanda y tibia.

—Buenas noches, señora— Ledesma se la estrecha después de soplar y restregarse las suyas—. Resulta que recibí un pedido urgente con esta dirección, donde estaba un chiquito con fiebre alta y convulsiones...

—Pero... ¡qué raro! Nosotros no hemos llamado para nada al sanatorio, ¿verdad, Juan?— responde ella, dirigiéndose a su marido finalmente.

—No; eso es lo que precisamente le estaba diciendo al doctor en la puerta. Pero... ya que está, querida, ¿por qué no te preparás un cafecito?— y luego agrega el hombre, volviéndose:

—Venga, siéntese, doctor.

Al rato aparece la señora con una bandeja y tres humeantes tazas. Mientras beben en silencio, se oye el llanto lejano de un niño.

—Susana— alerta él a su mujer —me parece que Andrés está llorando.

—Sí, creo que tenés razón. Voy a verlo.

Los dos hombres conversan sobre la llamada. Llegan a la conclusión de que ha habido un error, y el dueño de casa ofrece a Ledesma el teléfono para que se comunique con el sanatorio y lo rectifique. Entre tanto, terminan de beber el café con breves y repetidos sorbos. De pronto, la mujer aparece con el niño en sus brazos.

—Doctor... ¡mírelo, por favor! ¡Me parece que está volando de fiebre!— y acompaña sus palabras con un gesto de la mano hacia la frente del niño. Este lloriquea y se acurruca en el hombro de su madre.

—A ver, señora, permítame—. La mano de Ledesma aprecia rápidamente la temperatura del niño.

—Sí, tiene bastante fiebre. ¿Por qué no me trae un termómetro y lo desviste?

A los pocos minutos, Ledesma le baja la temperatura con paños fríos sobre las axilas y las ingles. De súbito, ve como los miembros del niño comienzan a moverse de una manera significativa. Asombrado, se detiene y lo observa. Luego, lo toma de la nuca y, ante un leve movimiento, el niño emite un agudo chillido, seguido de un llanto intenso. Cuando repite la maniobra, ya Ledesma piensa que hay signos más que suficientes. Se incorpora y les habla a los padres.

—Me parece que este niño está bastante enfermo. Hay que llevarlo cuanto antes al sanatorio. Tiene mucha fiebre, hizo convulsiones y presenta algunos

signos que sugieren un síndrome meníngeo...—
Cuando pronuncia las últimas palabras, las lágrimas
asoman en los ojos desorbitados e incrédulos de ambos padres, que lo escuchan sin querer comprender
y contemplan al niño como si de improviso ya no
fuera el hijo de siempre.

—¿Usted está diciendo que puede tener menin-
gitis, doctor?— pregunta el hombre con un hilo de
voz.

—Precisamente— afirma muy serio Ledesma.
Entonces ella rompe a llorar y se abraza al niño,
mientras el marido se vuelve, estupefacto. Ledesma
decide abreviar la situación.

—Dígame dónde está el teléfono. Voy a llamar
al sanatorio, que se preparen para recibirnos. Ustedes, sigan con los paños fríos. Y vístanse, que hay
que salir enseguida.

Llegan al sanatorio y se dirigen a la guardia. Ledesma realiza la punción lumbar con el médico de
turno, y luego sale de la sala de procedimientos para
hablar con los padres del niño.

—Bueno, ya se le sacó el líquido de la columna,
como les expliqué; ahora hay que esperar el resultado del análisis. Se le puso una inyección para las
convulsiones, así que lo van a encontrar dormidito.

—¿Y?... ¿A usted qué le parece, doctor? — El
hombre lo mira con unos ojos que parecen haber
acumulado de golpe toda la oscuridad y el frío de la
noche.

—Mire, por el examen, así a simple vista del líquido, pienso que se trata casi seguro de una menin-
gitis—. El llanto de la mujer lo interrumpe—. No se
ponga así, señora, cálmese. Hoy día hay antibióticos
muy eficaces. Además, pienso que la hemos tomado

muy temprano. Vamos, cálmese.

Poco a poco, los padres se aflojan, para luego suspirar mientras secan las lágrimas y suenan ruidosamente las narices. Entonces preguntan muchas cosas; algunas relacionadas con el padecimiento del niño, otras no tanto, y otras totalmente ajenas a esa realidad. Ledesma los escucha y les responde con voz suave y pausada, para que les llegue lo que dice, porque ellos lo van a entender dentro de unas horas, o quizá mañana o pasado mañana. Cuando puedan.

Son más de las tres de la madrugada cuando Ledesma deja a la pareja junto a la cuna del niño, que duerme apaciblemente a pesar de la aguja colocada en la vena. El resultado del análisis ha sido positivo, confirmando la presunción diagnóstica, y ya los antibióticos han comenzado a actuar. Sale del sanatorio, cuando de súbito recuerda la confusión con respecto al pedido de la última visita. Decide volver para hablar con el telefonista de turno y aclarar el asunto.

—Buenas noches, doctor, cómo le va?— La voz jovial de Julio lo recibe con exagerada alegría.

—Buenas, Julio. Cansado, vea, cansadísimo. Quiero saber una cosa, antes de irme: A ver si me averigua quién pidió o cómo se pidió la última visita.

—¿La última? A ver...

—Sí, la de la calle Zañartú al 1200— aclara Ledesma, mientras observa la lista por encima del hombro de Julio.

—No, aquí no figura. ¿Usted dice que le pasaron esta visita como la veintisiete?— Se vuelve hacia arriba, mientras toma un cigarrillo y lo enciende. Luego se disculpa y le ofrece a Ledesma.

—No, no gracias. Sí, me la pasaron a eso de las once y media con ese número.

—Y vea usted... acá no está registrada. Y yo estoy aquí desde las nueve y le aseguro que no recibí ningún pedido con esa dirección. ¿Quiere que llamemos a la central para confirmarlo?

Llaman -allí los sacarán de la duda, pues archivan todos los mensajes-. Pero no lo han recibido. Se comunican con las otras centrales, con el mismo resultado. Al fin, Ledesma desiste y se retira. Julio responde a su saludo levantando una mano, mientras abre mucho los ojos y apoya la cabeza sobre la otra, mudo de asombro ante la incógnita de la última llamada.

II

—Mirá, pibe—le dice Ledesma al otro médico—, vos hacé las cosas bien, cumplí con el horario que exigen y, quien te dice, después de la suplencia, cuando aparezca una vacante, ¡zás!, te metés.

El doctor Puhl se desempeña como médico residente de pediatría del último año. Y antes de quedarse sin trabajo, busca una guardia para tener algo cuando finalice su actual contrato. Compañero de sala de Ledesma, éste le ha pedido que lo reemplace durante dos semanas en las guardias a domicilio.

—¿Cuántas visitas tiene por guardia?— averigua Puhl, mientras toman café en el bar del hospital.

—Y... eso depende. A veces hay un laburo como para enloquecerse, y otras veces te rascás todo el santo día. Pero en esta época del año tenés unas veinte, que como ganancia neta serán unas ochenta lucas. Claro que eso depende de lo que te gaste el auto, ¿no?— calcula Ledesma mirando hacia el cielo raso cubierto de un papel amarillo ya descolorido. Luego se vuelve hacia su interlocutor que prosigue:

—Quisiera que me explique, más o menos, cómo hace usted el trabajo; las cosas más importantes... todo lo que me pueda servir para no meter la pata—. El muchacho se dispone a escuchar a Ledesma, pues no tiene experiencia en medicina privada y, menos aún, en los domicilios de los pacientes.

—Bueno, mirá— empieza Ledesma—, aquí, ante todo, lo que más te va a servir es la experiencia. Y ésta te la vas a ir haciendo de a poco. Otra cosa que tenés que grabarte de entrada es que lo que vas a hacer tiene muy poco que ver con la medicina a la que estás acostumbrado— Puhl abre mucho los ojos y levanta las cejas—. Sí, no me mirés así; es verdad lo que te digo. La Medicina, como se la entiende y se la practica aquí, no tiene punto de comparación con lo que se hace en los domicilios. Allí, en general, al paciente lo vas a ver una sola vez. Vas a tener, en promedio, entre cinco y diez minutos para evacuar la consulta, y la mayor parte de las veces vas a comprobar que te llamaron por una insignificancia, total, la visita para ellos es un regalo de barata.

—Y ahora, yendo al grano, te diré que hay detalles que uno aprende medio a golpes, medio en broma, que si te sirven, con mucho gusto...— Ledesma estira las piernas por debajo de la mesa y enciende un cigarrillo perezosamente; luego bebe el vaso de agua íntegro para quitarse el gusto dulzón que le dejara el café. Después agrega:

—Tenés que organizarte de entrada. En cuanto subís al auto, ya te hacés una rutina: Al radiopito lo enganchás en alguna saliencia, para poder manotearlo rápido; la lapicera -mejor que sea de esas «clic-clic»- junto con un bloc bien grande en el asiento de al lado. Entonces, cuando suena el chisme, con la mano izquierda lo sostenés y manejás, y con la derecha vas escribiendo los datos del mensaje: Primero hay que anotar los números y el departamento: Por ejemplo, 4517, 5° piso, departamento H de Hortensia... Ah, si, el tipo te la bate con nombre propio, si no, no le entendés un corno, y después andás como un gil apretando los botones (que la c, la be, la de). Y mientras, el nombre de la calle te lo metés en la memoria -Camarones, Camarones, Camarones... Espinoza, Espinoza, Espinoza... Cuando te repite el mensaje, confirmás los números, anotás entre qué calles está y, finalmente, el nombre de la calle.

—Vas a tener que acostumbrarte al radiopito. Al principio es un infierno; vivís con el corazón en la boca, y cuando suena pegás cada salto que la gente te cree loco o maniático. Pero después, canchero, las vas sacando al vuelo mientras esquivás tachos o colectivos...

—Lo siguiente sería conocer bien la ciudad y manejarse con algunas calles tipo, que anden rápido. Por ejemplo, yo, desde el centro, Constitución o Barrio Norte o Belgrano, Núñez, Villa Urquiza o Villa Devoto, me manejo con dos o tres salidas: La 9 de Julio y el bajo; Córdoba, Jorge Newbery, Alvarez Thomas y Elcano; Venezuela, Liniers, Moreno, Maza, Díaz Vélez, Acoyte, La Angel Gallardo y en el monumento al Cid, la San Martín (que pasando el puente cruza Chorroarín que te lleva a la de los Constituyentes o a Triunvirato) o la Gaona. Esta se empalma con la Juan B. Justo, que te lleva de un tirón de Palermo a Liniers. Para el lado de Saavedra o Villa Urquiza, tenés la de los Constituyentes, Triunvirato o Alvarez Thomas que sale por Galván en avenida del

Tejar, ya cerca de la General Paz. A la vuelta, Alvarez Thomas, Niceto Vega, Cabrera, y llegás al Barrio Norte, Once, etcétera.

—Una calle que se pasa es la Washington, que agarrás en Belgrano (allí, ojo con las vías del ferrocaril, que te pueden llegar a volver loco si no sabés salir); le pegás derecho, despacio, tranquilo, junando las casas que son, viejo, lo más bacanas que he visto. Y así salís a Forest, que por esa altura también tiene unas casitas que la descosen. Forest derecho, Corrientes pasando Chacarita, y de ahí en adelante...

—Te vas a agarrar la mufa loca con los tacheros. Vos viste lo que son (y hay que aguantarlos a lo largo de cuatrocientos kilómetros): Que te frenan sin avisarte; que la luz del guiño ni por equivocación te la ponen; que de noche se te aparecen como bólidos por las bocacalles con las luces de posición únicamente - Ah, sí, porque se les gasta la batería a los señores-; que te miran con asco mientras se te cruzan; que son dueños de la derecha de todas las avenidas, y si a vos se te ocurre doblar, ahí van en fila india a diez por hora... Si te ponés detrás de ellos, te caga el semáforo; si te adelantás, te clavan los frenos encima del guardabarros o la puerta y te miran sobradores. Vos tenés que mirarlos desde arriba, de costado, derecho a los paragolpes como diciéndoles: —Si me tocás te reviento—, y doblar, tranquilo pero atento al menor ruido... En fin, y de los colectiveros mejor ni hablar.

—Bueno, pero pasemos a la cuestión: Primero, la ropa. Aunque haga un frío de locos, nunca vayas demasiado abrigado. Usá sobretodo, que te lo podés sacar al entrar, y no llevés mucho abrigo debajo, porque hace un lorca donde lo tienen al nene, que si vas muy cargado, entras a transpirar que te la regalo. Así que, mejor largate livianito.

—Ah... no te vayás a ofender con lo que voy a decirte, pero hay un asunto medio delicado, que si no te cuidás, podés pasarla bastante fulero: Vas a estar todo el día en la calle y hay que ir al baño... me interpretás, ¿no?— Puhl asiente con la cabeza; no sabe si sonreír o escuchar sin inmutarse —,así que, cada tanto, bajate en algún bar a desagotar. Porque si te pasa que cuando tomás el ascensor la sentís repleta y que te urge... o peor, cuando te estás lavando las manos con la puerta del baño abierta... sonaste. Ya no hay caso; vos sos el doctor. Tenés ojos, oídos, manos y boca. Nada más. El médico no puede darse el lujo de demostrarles a sus clientes que tiene ciertas necesidades fisiológicas.

—Al bajar del auto, te enganchás el radiopito en el cinturón; ¡ojo!, eso tiene que ser automático, porque si te lo dejás allí adentro, él solito no te anota los mensajes. Bueno, llegás, tocás el portero eléctrico y te anunciás. Esto conviene por dos motivos, aunque la puerta esté abierta: Primero, para que el gallego no te rompa con eso de: «Adunde cré ujté que va, zeñó», y segundo, para que arriba estén preparados -que los cerrojos, que la luz de entrada está apagada y al dejar el ascensor te perdés en los pasillos-. Cuando llegás, te presentás: «Buenos días o buenas tardes, soy el doctor fulano de tal, mucho gusto», y mientras vas relojeando en busca del teléfono, para garronearles una llamada al sanatorio (porque a veces se les saltea alguna visita a los de la Central). Te llevan entonces al cuarto matrimonial y allí está el niño. No te le acerqués de entrada; junalo de lejos y dejate vichar por él, porque si no, tenés que bancarte el interrogatorio con música de fondo. Vos dejá que la madre empiece a contarte; caso contrario, tomás la batuta y te largás con unas cuantas preguntas tipo -sí, ya sé, en la residencia manejan todo esto, sí, me lo imagino. Pero como me pediste que te cuente lo que yo hago...

—Siga, por favor, siga que me interesa— intercala Puhl, tan compenetrado con la charla que se le pasó la hora del almuerzo. Decide pedir un sandwich en el mostrador del bar. Cuando regresa, Ledesma continúa:

—Usá una especie de rutina, para no olvidarte de alguna cosa importante. Pero no te largués con toda la anamnesis, mirá que aquí el tiempo vuela, y cuando son muchas las visitas... A la gente le gusta quejarse al sanatorio por cualquier cosa, y eso no nos conviene; hay que evitarlo en lo posible. Entonces, aquí te manejás con lo básico: El motivo de la consulta. Nada más. El resto lo soluciona el médico de ellos en el consultorio. Y ante la menor duda, lo mandás de raje al sanatorio, a la guardia.

—Mientras la madre te cuenta, le pedís que vaya desvistiendo al nene, porque si es un lactante: Que el enterito, que los escarpines, que el busito y los pulóveres, que una batita, que la otra batita, que la camisetita... En general, te repito, aquí el tiempo es oro. Pero, claro, eso hay que disimularlo un poco. Hay que hacer las cosas rápido pero sin atropellarse. No como algunos que entran en las casas lapicera y recetario en mano o, como otros que con el apuro se llevan los muebles por delante... Palabra, viejo, eso también sucede.

—Bueno, mientras la señora te da el chamuyo y desviste al niño, vos te vas ubicando con la linterna y el estetoscopio. Ah, sí, la linterna es fundamental, porque en general hay poca luz, y con las lámparas más bien el pibe te ve a vos, que vos a su garganta.

—Antes de revisarlo, pedí pasar al baño. Te lavás bien las manos y te raspás la mugre de las uñas, porque queda muy fulero que cuando le estás tocando la pancita, verlas aparecer como si estuvieran de luto porque se te murió el gato. Y cuando te las viste vos, ya te las vio medio mundo. Entonces, pasás al baño y te lavás como un duque inglés -no es que yo crea que sos mugriento, no, entendeme bien; en el auto se te ensucian siempre.

—Sí, está bien, no se preocupe. Al contrario, siga— comenta sonriendo Puhl, mientras devora su almuerzo.

—Después, si la madre te trae una toalla limpia, aceptala aunque te hayas secado y te volvés a frotar las manos. Y si te trae alcohol, te lo pasás aunque seas alérgico al etílico, ¿estamos?

—Y llega la revisación: Siempre, paciencia. Nada de mufarse o de pelear con el nene. Por más que berree, patalee o te patee donde ya sabés— dice Ledesma, acompañándose con un gesto—, vos tranquilo. Le hablás bajito para calmarlo y al mismo tiempo para que ella se de cuenta que los gritos no te ponen nervioso. Si es necesario, se lo aclarás: «No se preocupe, señora, déjelo nomás que llore; si es lo normal. Todos protestan así a esta edad». Porque si no, ella se esfuerza por tranquilizarlo y no te escucha ni te ayuda como vos querés

—Se puede empezar por los pulmones, dejando la garganta para lo último, que es cuando él te va a odiar a muerte. Mejor no usés la técnica del pellizco para auscultar; es mala. Eso de que el pibe te haga AAAHHHJJJ de golpe, una sola vez, no sirve para nada; no escuchás un carajo. Si tiene mucha fiebre y grita, te comés una neumonía como que hay un dios. Así que, en la auscultación, el nene tranquilito. Le pedís a la madre: «Señora, pruebe con el chupete, o téngamelo alzadito, así, que me de la espaldita», y por ahí la cosa va como es debido. Y lo mismo con la panza, porque si grita, minga le vas a meter los dedos para tocársela.

—Finalmente le llega el turno a la garganta. Mirá, aunque te hayan llamado por una uña encarnada, vos le escuchás los pulmoncitos y le mirás la garganta. No vaya a ser cosa de que te mandaste la visita -ya estás en la puerta tomando velocidad- y entonces te salen con que: «Ah, doctor, ¿sabe? el nene no me come; me parece que tiene un dolorcito en la garganta», o: «tiene un ruidito en el pecho que no me lo deja dormir...» Y vuelta a desensillar, cuando ya te esperan ocho o nueve visitas, se te acaba el tiempo del relojito para estacionar y ya el cana te está haciendo la boleta.

—Para la garganta, usá bajalenguas de madera; son muy prácticos y se pueden adosar a la linterna. Pero si no tenés, le pedís a la madre, o mejor, a la abuelita -que se pone chocha si le pasás algo de bola- que te traiga una cu-cha-ri-ta-de-té y se la marcás con los dedos: Así— y Ledesma hace un gesto con los dedos como para pedir café —porque si no, te trae invariablemente la sopera y no te sirve: Es poco maniobrable y el pibe se asusta ya de verla. Y aunque la madre te diga, hablándole al nene. «Vamos a ver, vos solito, como me lo prometiste, con la cuchara no, vos solito...» igual usá la cucharita. El a vos no te prometió nada, y si empieza el asunto de que abre la boquita, que no la abre, que te muestra la punta de la lengua o los dientitos bien apretados, no va. La cosa tiene que ser rápida, sin vueltas, y la manejás vos. Eso, el pibe tiene que sentirlo de entrada. La madre solamente ayuda, ¿eh?

—Le pedís que se lo siente en las faldas y le inmovilice los brazos. Bien tomado. Entonces, con la mano izquierda manejás la linterna y le sostenés la cabeza. Y con la derecha le buscás el costado de los dientes con el mango de la cucharita. Vas hasta el fondo y después te desviás hacia la lengua por el lugarcito de las muelas de atrás. Porque si querés pasar por el medio de entrada, perdés como en la guerra; el pibe te cierra los dientes, y el día del arquero se los vas a abrir. O doblás la cucharita o te quedás con los dientes en la mano. En cambio, si vas por el costado, llegás fácil a la campanilla. Y ahí, cuando te hace la arcada, rápido y alejando la cara porque viene la lluvia, se la mirás bien mirada.

—Y después viene el chamullo final, ya con acompañamiento de orquesta. Le explicás a la madre lo que el nene tiene, y en la receta, bien claro, cuánto y hasta cuándo le da los medicamentos -siempre preguntando por lo que hay en casa, porque hoy en día... -Ledesma levanta las cejas significativamente; enciende otro cigarrillo y luego prosigue:

—Ah... me olvidaba decirte que al entrar en algunas casas, te va a recibir un personaje a los ladridos pelados, que se te mete por entre las piernas y te muerde los zapatos o los pantalones. No dejés que pase adonde está el nene, porque si no, entre que el sitio suele ser chico, que estás sentado medio torcido, con la abuelita o los hermanitos que te empujan; ¿encima aguantar al perrito ...? ¡No! Vos mandalo sacar de entrada: «Señora, por favor, el perro». Eso sí, de buenas maneras, como un caballero. Vos sos el doctor; nada de andar a las patadas con el can.

Se miran y sonríen. Luego se levantan, pagan la consumisión y salen del bar. Caminan juntos, lentamente, hacia la salida del hospital.

—Y... esto, viejo, hay que tomarlo como viene -advierte Ledesma-; uno lo hace para ganarse los mangos y punto. Ya van casi diez años que estoy metido en este baile, y a veces no veo la hora de largarlo... pero, la necesidad es la necesidad, ¿no? Y entre la gente, vas a ver que hay de todo: Al lado de unos que te hacen entrar por la cocina porque tienen recién encerado el living, o que te cierran la puerta en las narices porque les parece que llegás muy tarde, encontrás otros que hasta te invitan a cenar. Sí, palabra: A mí me han preparado especialmente un regio churrasco con un tomate partido, vino y soda. Eso no se paga con nada, ¿no te parece?

—Me parece, aunque yo no creo que me anime a...

—Bueno, no es necesario intimar con los pacientes. Es algo más, que si se da, te recompensa. Por ejemplo: El otro día estaba yo en un depto del centro. La niña, hija de franceses, de tres años, una muñeca. Me recibió levantándose la camiseta para que la auscultara y preguntándome así nomás: «Vos, ¿cómo te llamás?» Bueno, te cuento que mientras yo conversaba con la madre y ella jugaba con el estetoscopio, se volvió de golpe para decirme: «¿Sabés una cosa?... Vos sos muy lindo». A mí, viejo, por poco se me caen las medias. Medio derretido, le contesté: «Gracias, vos también sos muy linda», con naturalidad, como sí fuera lo más normal del mundo escuchar y andar diciendo esas cosas. Me llegó, pibe, como dicen por ahí, hasta el horno y el calefón. Salí renovado, nuevo, y eso que eran como las doce de la noche y el día había sido movido.

III

Al regresar de la licencia, Ledesma encuentra en la puerta del sanatorio a los padres con el niño que internara veinte días atrás. Se alejan de allí sonriendo, ya de alta.

—Le agradecemos tanto, doctor; la verdad es que lo vemos tan bien ahora, que nos parece un milagro. Y todo gracias a usted.

—Bueno, me alegro de que se vayan así—. Ledesma no puede borrar la sonrisa de sus labios. Se siente muy bien. El neurólogo le ha asegurado que no hay probabilidades de que le hayan quedado secuelas al niño. Por lo tanto vive, muy justificadamente, uno de esos momentos en que su trabajo a domicilio deja de ser una ocupación más.

—Bueno, doctor, será hasta siempre. Y nuevamente, muchas gracias por todo.

—En fin... en el fondo, no sé a quién habría que agradecerle esa llamada tan oportuna...

Muy emocionado, Ledesma no sabe explicar lo que siente y, con las puntas de los dedos, levanta la mantilla que cubre la cabeza del bebé para espiarlo un poquito, unos segundos nomás, pues el viento acentúa el frío de la calle. Y se encuentra con los ojos del niño que lo miran fijamente, con inteligencia, con cariño, con agradecimiento, mientras sus labios se abren en una amplia sonrisa, descubriendo rosadas encías, donde se adivinan dos puntas blanquísimas. Entonces, súbitamente, un poema trepa hasta el aliento de Ledesma, uno muy breve, casi diminuto, un *haiku*:

> *Dije al pequeño:*
> *Niño, háblame de Dios.*
> *Y la llamada brotó.*

EL LUSTRABOTAS

De súbito, una voz lo saluda y un zapato se apoya en el cajón. Sin mirar hacia arriba, el niño responde al saludo y comienza a lustrar. Primero uno y luego el otro, los zapatos adquieren un brillo intenso. Parecería que hubieran esperado su betún y su cepillo para relumbrar de esa manera. El lustrabotas advierte que esos zapatos son muy parecidos a los suyos, a pesar de ser más nuevos. Y descubre que el color del traje del hombre es semejante al ya desteñido de sus pantalones cortos. Reconoce también sus medias en las del cliente. Termina de lustrar, mira hacia arriba y lo observa detenidamente. Es un hombre ya maduro, y sin embargo al niño le parece estar frente a un espejo. Se pone de pie y lo contempla con asombro. Tienen igual color de ojos, la misma expresión en la boca, las mismas manos encallecidas por el cepillo de lustrar. El hombre le devuelve la mirada. Entonces, rompiendo ese espejo imaginario, estrechan sus manos y luego se funden en un abrazo. Son, definitivamente, una sola persona.

Comienza a caminar, alejándose del cajón de lustrar. Al rato se vuelve para contemplarlo por última vez. Y, para su asombro, comprueba que ya otro niño lustra zapatos en él, impulsado por el deseo de encontrarse a sí mismo.

EL RELOJ

Necesitaba dinero y entré en la joyería para vender unas medallas de oro heredadas de un tío abuelo. Me atendió un hombre viejo, calvo, muy agachado y cuyos anteojos con montura de metal descansaban cerca de la punta de la nariz. Tomó las medallas, las miró con luz natural, las mordió, hizo una prueba química en sus bordes y luego las pesó. Entretanto, desde un costado del mostrador, me llamó la atención un reloj de bolsillo; lo tomé distraídamente y después comencé a observarlo con detenimiento. No parecía un reloj convencional. Al principio lo confundí con un cronómetro; sus números y agujas recordaban antiguas inscripciones de difícil y dudosa interpretación. El trabajo del que había sido objeto evocaba una artesanía ya tiempo atrás olvidada. Cuando lo devolví al mostrador, detuvo su marcha. Entonces recordé que al tomarlo no funcionaba. Había echado a andar sobre mi mano. Lo alcé nuevamente y otra vez apareció el tic-tac. El joyero se acercó para ofrecerme una suma de dinero por las medallas. Al verme con el reloj, comentó:

—Es muy curioso, ¿se dio cuenta? Funciona únicamente en contacto con las personas. Y cada uno que lo toma lo hace «tictaquear» de una manera distinta, personal.

—¿Me lo vende?— le pregunté de improviso. Luego, al reflexionar sobre mi proposición, añadí—: Es decir, veamos cuánto pide por él.

Estiró los labios en una sonrisa algo enigmática. Tomó el reloj y pude observar que latía lentamente; las agujas se movían más despacio que antes. Después, lo dejó sobre el mostrador y propuso:

—Está bien; se lo dejo a cambio de las medallas. Sé que es poco lo que pido por él, pero este reloj no tiene precio. Además, pronto dejará de tener utilidad para mí—. Volvió a sonreír y pude comprobar el deterioro de su dentadura. Sus ojos brillantes miraban con extraordinaria fuerza por encima de los cristales. No me atreví a interrumpirlo y esperé. Al rato continuó:

—Como puede ver, carece de signos que lo identifiquen como un reloj. Su única utilidad radica en marcar los límites reales de la vida de quien lo posee. No recuerdo otro reloj como éste. Me lo dejó un pobre hombre a cambio de unos pesos para emborracharse. Al día siguiente lo encontraron ahogado en el río. En fin...

Me estremecí, pues ya desde un principio había relacionado a ese reloj con algo oscuro, difícil de sobrellevar e incompatible con la vida cotidiana. Quise irme, pero mis piernas no me respondieron. El hombrecito siguió:

—No es necesario darle cuerda, pues lo mueve el pulso de la persona que lo lleva. Para ello basta con tenerlo consigo. Él se pone en seguida al día con «nuestro horario». Cuando lo recibí, deduje que la lectura estaba hecha en base al sistema métrico y no horario. O sea que marca lo que llamamos metros, kilómetros, y no horas y días que carecen, para mí, de valor real. Esta aguja, la más larga, se encarga de los metros. La otra, marca los centímetros. Y ésta, la más pequeña, mide los milímetros. Parece igual, extrapolando las medidas, a las marcas en horas, minutos y segundos. Pero esa semejanza es superficial y engañosa. Porque el tiempo real, le repito, se mide con el sistema métrico y no horario. El total se inscribe en este pequeño rectángulo— indicó con el dedo índice unos números que saltaban como en el odómetro de un automóvil.

—¿De dónde parte?— pregunté, ya menos temeroso y más comprometido con el reloj. Lo tomó en su mano derecha, cerró los ojos y tras unos segundos de concentración, me lo entregó. Marcaba 448.

—Este es mi tiempo vivido, en kilómetros. Ah... me olvidaba de su pregunta. Parte, como es lógico suponerlo, del cero, desde el momento de la concepción. Ahora pruebe usted— me ofreció de una manera no rehusable. Tomé el reloj, cerré los ojos, y cuando abrí la mano vi que marcaba 565.

—Pero... ¡Mi marca es mayor que la suya! ¿Cómo es eso posible?

—Le repito que mide el tiempo real, no el aparente. Además ahora comprenderá que el tiempo es algo personal—. Elevó mucho las cejas y sin dejar de sonreír, agregó: —Y también Universal.

Tras unos minutos de absoluto silencio, continuó:

—¿Acaso no ha conocido personas de la misma edad cronológica, que aparentan edades diferentes? Yo tengo sesenta y cuatro años y ése sería mi tiempo vivido. Usted ¿Qué edad tiene?

—Veinticinco años.

—Como ve, cualquiera diría que yo he vivido más que usted, pero la cosa parece ser al revés.

Entonces... ¿Eso significa que me queda poco por vivir?— Un temblor irreprimible me sacudía desde las piernas.

—No necesariamente— agregó para mi tranquilidad —. Quizá le quedan muchos años más que a mí. Seguramente. Pero menos kilómetros. Y no se olvide que esos son personales. Y la velocidad a la cual se recorren no es necesariamente uniforme. Por lo tanto, se puede recorrer la mitad de la vida en un año y andar, en cincuenta años, unos pocos kilómetros.

—¿Y cuál sería la distancia total?— le pregunté, aprovechando un momento de distracción.

—Es difícil de comprobar directamente, porque al morir quien lo posee, el reloj vuelve desde su última marca al cero. Y en ese instante uno puede vivir a la velocidad de la luz o más rápido aún; eso se desconoce. Pero, por el hecho de que el rectángulo posee tres cifras, se puede presumir que el máximo a marcar es 999 kilómetros, 999 metros con 99 centímetros y 9,9 milímetros. Y con la última décima de milímetro llegar a los mil kilómetros (o sea, pasar de la vida a la muerte) y volver al cero—. Apoyó los codos sobre el mostrador, miró hacia el ya oscuro cielo raso y luego siguió:

—Dicen que hubo una persona que para vivir la última décima de milímetro, se demoró más de cinco años...

—Pero, como se habrá dado cuenta, el hecho de conocer el largo de la vida no quiere decir nada, ya que no reconocemos el espacio recorrido como tiempo vivido. El espacio sigue siendo una medida exterior y no interna, propia de cada uno.

—Ah... no –intervine súbitamente–. Usted confunde los términos y no habla con claridad. Usted se refiere a la velocidad como variable, y la velocidad surge de la relación espacio-tiempo. ¿Acaso se está refiriendo a una relación espacio-espacio?

—Exactamente, muchacho. Veo que me sigue y hasta se me adelanta. Así es. La dificultad mayor estriba en la introducción del tiempo como espacio. Si yo tomo un automóvil y recorro en doce horas unos seiscientos kilómetros, ¿qué pasó con mi tiempo? Se mezclan conceptos poco claros que habría que redefinir. O sea, considerar al tiempo como espacio interno y personal. Lo que miden los relojes comunes es un invento del hombre, utilizando como modelo al ciclo solar, que comprime, arruga y hasta borra cualquier signo de verdadera realidad. El espacio aparenta ser sólo exterior al hombre, y aparece como única realidad apreciable. Pero cien o mil metros de vida, reales, son internos y se recorren en absoluta soledad. No son compartibles. Si los relojes de los millones de seres humanos comenzaran a marcar la hora de cada uno, la confusión más espantosa llegaría a paralizar al mundo. Y sin embargo, ésa es una verdad, una humana verdad. El orden establecido nos sirve de alguna manera para evadir y olvidar el hecho de que estamos aislados. Que somos esencialmente solitarios. Si los relojes indicaran nuestro propio horario, la comunicación sería imposible tal como actualmente la conocemos, porque cada uno, en su dimensión, es como un mundo.Sin embargo, estaríamos más unidos y solidarios que nunca, porque nos descubriríamos como partes integrantes de un Todo. Porque cada uno, en si mismo, sentiría la presencia del Universo. Algo mucho más valioso que las horas y los minutos nos une, pero lo eludimos constantemente.

—¿Se imagina la experiencia que se podría adquirir al vivir semanas o meses en una hora? Percibir al tiempo como realmente es y lo que hay entre un instante y otro; entre metro y metro. Poder estirarlos como goma de mascar. Descubrir al otro, los otros mundos que se esconden detrás de las horas y los días.

—Cuando le dije que se podían vivir semanas o meses en una hora, en realidad le quería significar que nosotros, arbitrariamente, solidificamos en unidades algo que es variable y exclusivamente personal. Espacio interno, tiempo, velocidad propia. Por ejemplo: El otro día fui al cinematógrafo y vi una película de hora y media de duración en cinco minutos. Mi reloj los marcó. Y este otro— agregó señalando al que permanecía en mi mano —marcó cinco centímetros. Para los demás había transcurrido una hora y media, pero yo viví sólo cinco minutos-centímetros. Sí, lo digo así pues percibí el paralelismo entre ambos sistemas. Los dos relojes midieron «mi tiempo». Este sería el primer paso para entrar al sistema métrico. Luego, hay que atreverse a vivirlo, llegar a dominarlo y quizá, quien le dice, revertirlo...

—¿Puede imaginar un mundo de relaciones humanas donde cada experiencia no se atenga a una estricta necesidad de orden, de falso orden?

—Pero, volviendo atrás: ¿Cómo se prueba que somos parte integrante de un Todo?— le pregunté, mientras lo veía recuperar el aliento. Creí haberlo sorprendido en un desliz, debido a su desbordante entusiasmo.

—Porque la vida, convertida en espacio, deja de ser mortal. Porque cada dimensión, al ser única, llega a ser necesaria -imprescindible, diría yo- para la armonía del Cosmos. Porque al desprenderse del tiempo convencional, cada cosa «es» en su real dimensión. Y al decir «es» indico que en su propia finitud abarca la eternidad. Porque en el último grado del conocimiento, el tiempo puede ser tanto adelantable como reversible. Quizá sea tan sencillo volver atrás en la vida como retroceder una cuadra para saludar a un amigo. Cuando estuve en el cinematógrafo y percibí el tiempo en centímetros, me di cuenta de que esa experiencia era tan enorme e inmutable, que no podría dejar de ser nunca. ¡Nunca! ¿Me comprende?

Era de noche. Nadie había entrado en la joyería desde la tarde. Yo lo miraba al hombrecito, abstraído en las reflexiones que él vertiera con pasión y generosidad. El reloj, en mi mano, había avanzado más de diez kilómetros y lo dejé súbitamente sobre el mostrador, como si pudiera, con esa actitud, detener mi tiempo.

—No tema— añadió mientras se quitaba los anteojos con un gesto suave y lento —; era una prueba. Nadie entra en estas nociones sin dejar una parte de su vida. Ningún conocimiento deja de cobrar lo suyo. Ahora sé que usted me escuchó con atención; que me comprendió y que merece llevárselo. Tome, cuídelo y, cuando llegue el momento, déselo a quien corresponda.

Entró en la trastienda, sin despedirse ni despedirme. Lo esperé un largo rato, hasta que me sentí invadido por un inesperado cansancio. Cuando salía de la joyería, me sorprendió un joven dependiente a quien no había visto, que en ese momento se disponía a cerrar la cortina metálica. Al saludarme, sospeché quien era y le entregué el reloj. Lo tomó, sonrió, cerró los ojos y se concentró. Cuando me lo devolvió, comprobé que marcaba 448.

Me alejé, asombrado, más viejo y fundamentalmente distinto. El tic-tac en mi mano me acompañaba y me acompañaría una buena parte del resto de mis kilómetros.

HACIA UN SEMIFINAL DE LA ESPECIE

Solo a la hembra le está reservado el supremo secreto de la vida. Al macho, aceptarlo con dignidad y, mientras pueda, acompañarla.

1969

Supongamos que por casualidad o premeditadamente, algún representante del sexo femenino de la especie humana descubre el método para separar, sin posibilidad de error, los espermatozoides «x» de los espermatozoides «y» del semen humano. Supongamos que también decide cultivar en gran escala, células vivas de testículo humano, y que de esos cultivos obtiene una producción suficiente de espermatozoides «x» como para inseminar, en un momento dado, a todas las mujeres fértiles del planeta. Supongamos que éstas adhieren al proyecto de reproducirse artificialmente, prescindiendo del sexo masculino. Una hija por cada una bastaría para prolongar la especie humana con el sexo femenino, indefinidamente. Y el hombre, en dos o tres generaciones, unos cien años o poco más, desaparecería irremediablemente de la faz de la tierra. O quizá quedarían algunos ejemplares para proveer la materia prima de los cultivos productores de espermatozoides.

El Dr. Y, médico recién recibido, de fértil imaginación y largos desvelos, enciende tal vez el último cigarrillo de la noche, camina hacia el baño mientras la luz de la luna se cuela por la ventana de la terraza iluminando pálidamente el ambiente, silencioso a las cuatro de la mañana. El texto queda prendido a la máquina de escribir; se acuesta aún fumando y ya piensa en su actividad, en su profesión, en algo más inmediato, en que a las ocho deberá ir a trabajar al hospital.

Mañana a la tarde o tal vez pasado mañana vuelva a leer lo que escribió y a meditar sobre ello. Tal vez.

2019

En la Sala de Conferencias del Ministerio de Salud, reunidos con el ministro los secretarios, técnicos, científicos, empresarios, sindicalistas, religiosos, en fin, dirigentes representando la mayor parte de las fuerzas vivas de la comunidad.

El técnico en Demografía extiende unos gráficos, mientras confirma datos de la computadora, que zumba suavemente a un costado de la gran mesa de reuniones.

—En distintas ciudades de nuestro país el problema, si podemos llamarlo así, es de crecimiento logarítmico. En otros lugares, el avance es menos acentuado, pero en todos los sitios estudiados las cifras dan un sostenido aumento. Como ustedes pueden ver en este gráfico— y señala unas columnas cada vez más altas, paralelas a otras cada vez más bajas —, en los últimos cinco años, la proporción ha evolucionado de 1,5 a 1 a 4,8 a 1. La tendencia es muy firme. No hay posibilidades de error en nuestros cálculos. Además, cualquier docente, médico de niños, partera o maestra jardinera lo puede confirmar, porque la diferencia es un hecho.

—De mantenerse este ritmo, ¿cuándo se podría considerar irreversible?— pregunta el ministro.

—Eso depende de la causal del fenómeno. Si sigue actuando sin interferencias, liberado a su completo desarrollo y expansión, calculo que en unos cincuenta o sesenta años la proporción podrá estar en 99 a 1. Esa es la proyección aproximada, pero hay otros factores que irán agregándose al fenómeno, seguramente con consecuencias más serias, ya que las tasas de natalidad caerán abruptamente ante la bajísima proporción de hombres con respecto de las mujeres.

—¿Causas probables de este fenómeno, señores?— y la mirada interrogante del ministro llega hasta tres personas de guardapolvo blanco. El de mayor edad, doctor en Genética responde:

—Los niños que hemos estudiado, desde el punto de vista genético, son absolutamente normales; sus padres también. Los espermatozoides, también desde este punto de vista, cuentan con material cromosómico absolutamente normal. El tema, aparentemente, no pasa por la Genética. Nuestros colegas de Reproducción Humana han estudiado esto y pienso que tienen algo que decir.

El más joven, sentado a la derecha de quien hablaba, se pone de pie, se acerca al pizarrón, detrás del ministro y comienza:

—Hemos estudiado «in vivo» la reproducción humana. El esperma ha resultado absolutamente normal. Para quienes no lo saben, diré que en el esperma de todos los animales, incluídos nosotros, hay dos clases de espermatozoides: Los «x» y los «y>. Los primeros, genéticamente iguales al óvulo, al unirse con éste producen una hembra «xx»; los segundos, con una pequeña diferencia en el cromosoma sexual, producen un macho «xy». Ahora bien, si los espermatozoides son todos normales, y cuentan con una proporción de 50% y 50%, los productos o sea, los embriones, deberían -y así fue siempre-

mantener aproximadamente esta proporción. Pero esto es lo que no está sucediendo, ya que hemos comprobado, y no una sino cientos de veces, que los espermatozoides «y» disminuyen su vitalidad y movilidad inmediatamente de ser emitidos. Y el contacto con secreciones genitales femeninas, incluída la membrana externa ovular, literalmente los destruye. Los disuelve sin remedio ya que ni siquiera «in vitro» y luego de cientos de lavados, logramos fertilizar óvulos con espermatozoides «y». Todas las drogas conocidas así como sustancias ambientales, radiaciones, cambios físico-químicos que hemos estudiado para relacionar con este fenómeno en busca de la causal directa, han dado resultados negativos. Nuestra impresión es que cambios intrínsecos del espermatozoide «y» aceleran su metabolismo y reducen su fugaz existencia a la más mínima expresión; sumado a ello el medio femenino actúa también agresivamente, colaborando en su rápida destrucción. Pero la causa final de todo esto, el último por qué, temo que por ahora, para nosotros, no hay respuestas— y dando por finalizada la disertación, suspira y regresa a su asiento.

—En parejas que han procreado varones, los estudios han dado resultados mínimamente alentadores— comienza el otro doctor —. Pero percibimos una tendencia a inclinarse hacia la situación, llamémosla, de claudicación o rechazo. Estudios de varones de estos últimos años nos indican que ya cuentan con mayores posibilidades de que los próximos embarazos sean del sexo femenino.

—Un muestreo al azar— intercala el demógrafo —con las reglas clásicas, estrictamente seguidas, nos indica que, tanto en medios urbanos como rurales, cinco de seis mujeres en edad fértil se encuentran en condiciones de reproducirse exclusivamente a través del sexo femenino. Y de las que aún pueden producir varones, la tendencia es de aproximadamente uno en diez embarazos. Si esta situación no se revierte a corto plazo, señor ministro, significará el final del sexo masculino en un plazo no mayor a un siglo.

—En otros animales, ¿alguno de ustedes tiene noticias de que esté sucediendo algo parecido?— pregunta el ministro al biólogo presente.

—No señor, nada similar ocurre con el resto de la reproducción animal. La especie humana tiene el privilegio— y sonríe con un dejo de melancolía —de semifinalizar de esta curiosa manera. Con la bomba atómica por lo menos hubiéramos desaparecido juntos...

—¿Por qué semifinalizar, doctor? ¿Cómo cree que termina ésto?— pregunta otro de los concurrentes.

—De la única manera que lo veo factible ahora, salvo que tomemos la decisión drástica y apretemos el botón de una buena vez...

2119

En un Hospital de alta complejidad, la doctora X reunida con su equipo de colaboradoras en un salón anexo a su despacho. Todas son mujeres, como quienes se encuentran en la recepción, en las tareas de mantenimiento, en el área de servicios. Como lo son todas las personas que se atienden allí. Como lo son quienes deambulan por las calles, circulan en vehículos por la ciudad, comen en los restaurantes, se divierten en los cines y teatros, deciden en las oficinas públicas, compran y venden en las empresas o comercios. Como lo son quienes, formando pequeños núcleos familiares o comunitarios, residen en los departamentos y en las casas.

—Debo comunicarles que hemos logrado viabilizar el proyecto- comienza la doctora X-. He recibido informes muy alentadores de los otros Centros Experimentales y, superada la última barrera biológica, de mil quinientas experiencias piloto, más de mil han dado resultado positivo. Estamos logrando lo que la ciencia ni soñaba cien años atrás. La imperiosa necesidad de perpetuarnos nos llevó a tomar la decisión de avanzar sin dudas por este camino. Es conocida la dificultad que tuvimos para almacenar suficiente cantidad de material reproductivo masculino- y al mencionar al compañero extinto un silencio absoluto se adueña de la sala. Luego, la voz suave pero firme de la doctora X vuelve a apoderarse de la audiencia:

—Cultivos de tejido testicular fueron harto insuficientes; en algunos Centros las radiaciones dispersas en el medio ambiente prontamente los inactivaron hasta destruirlos. En pocos años, debido a la alta demanda, se convirtieron en preciosísimo material por su significación, fragilidad y rareza, y apenas pudimos inseminar una de cada mil mujeres en edad fértil, y ello una vez en la vida-. Bebe un largo trago de agua, carraspea y luego sigue:

—Como les informaba al principio, hemos superado las dificultades que nos oponía la Biología para lograr la fertilización del óvulo con material nuclear, cromosómico, de otro óvulo, haciendo realidad el **Trasplante Pronuclear**, donde todos los genes nucleares, o sea, ambos juegos de cromosomas haploides, provienen del sexo femenino. Son **cigotos ginogenéticos**, cuya barrera natural radicaba en un desarrollo embrionario relativamente satisfactorio, pero muy deficiente en las membranas y placenta. En el pasado, los experimentos no fueron viables, porque los cromosomas derivados del hombre y de la mujer, por lo menos algunas porciones del material genético de ellos, resultan imprescindibles para el desarrollo normal del embrión, sus membranas y placenta. Del estudio del material genético masculino haploide con que contamos, pudimos reelaborar y modificar los genes esenciales del material haploide femenino para que uno de ellos fuera idéntico genéticamente, al espermatozoide " x ". Esto no es clonación, y cada embrión es único, parecido sólo a sí mismo, y cuenta con dos progenitoras distintas que le provee, cada una, su mitad genética. La única diferencia con las anteriores fertilizaciones asistidas es que, de esta manera, ambos padres son femeninos.

Otro momento de absoluto silencio se apodera de la sala. Las colaboradoras han escuchado con profunda atención, conscientes de las inevitables e irremediables consecuencias de los hechos relatados. La doctora X finaliza expresando en voz alta sus más íntimos pensamientos.

—No vayan a creer que esta situación fue producto de alguna actitud feminista a ultranza, o de rechazo final al sexo masculino. Aún siguen oscuras las causas por las cuales nuestras antecesoras, en un momento determinado, comenzaron a ser fertilizadas exclusivamente con espermatozoides "x", y se perdió la capacidad para hacerlo con los "y". El resto, todas ustedes lo conocen muy bien. Este último paso, trabajosamente logrado, no ha sido más que el resultado de una búsqueda desesperada por mantener viva a nuestra especie.

Finalizada la reunión, cada una, sola, en pareja o en grupo, camina hacia su lugar de trabajo. La doctora X se aleja por el pasillo, inundado ahora por el sol de la mañana, con pasos firmes y rápidos, flameando a los costados el guardapolvo abierto, hasta que una puerta de vidrio vaivén la devora con un golpe rutilante de enceguecedora blancura.

EL ESPANTAPÁJAROS

a Silvina Ocampo

Es un niño y no sabe lo que quiere, pensé. Su irracionalidad me hacía sentir un poco incómodo con sus ocurrencias. La última: Para ser su amigo, debía convertirme en un espantapájaros.

Yo deseaba obtener su amistad, su cariño, su confianza. Era un chico tierno, de una aparente fragilidad que resultaba conmovedora. Desde que lo vi por primera vez, me fascinó su personalidad. Entonces intenté conquistarlo con juguetes y caramelos, pero fue inútil. Insistí con otros regalos, hasta que finalmente acepté el fracaso, y le pedí que me indicara lo que debía hacer para convertirme en su amigo.

La respuesta directa fue que tenía que transformarme en un espantapájaros.

Pensé que quizá algo quieto y grotesco avivaría su imaginación, y que a través de ella podríamos comunicarnos mejor que en la realidad. Así fue que conseguí ropa vieja, junté unos manojos de paja, me pinté la cara con carbón y construí una cruz con dos gruesas ramas para tener dónde apoyarme. Después rellené los pantalones y las mangas del saco con la paja y me até a la cruz con su ayuda.

—Ahora podemos ser amigos— expresó ya convencido. Luego, tomó de mi bolsillo una caja de fósforos, encendió uno y lo acercó a las pajas que asomaban del pantalón. Alarmado, le pedí que no lo hiciera, que lo apagara, pero ya era tarde. Empecé a quemarme, cuando él saltó hacia mí, aferrándose al cuello.

Te quiero— exclamaba entusiasmado —, te quiero mucho y ahora sos mi amigo para siempre.

El fuego me llagaba los miembros y se acercaba rápidamente a mi cara. Cuando se incendiaron todas mis ropas, comencé a sentir dificultad para respirar. Le imploré que se alejara, pero ya él también estaba envuelto en llamas. A pesar del fuego, permanecía tranquilo, inmóvil. A los pocos minutos, sentí que él agonizaba y presentí que mi fin estaba cerca. Las correas que me sujetaban se soltaron; intenté cubrirlo con mis brazos y nuestros cuerpos se fundieron en una sola llaga. Entonces sentí hacia él una inefable ternura; olvidé el dolor y me dejé llevar hacia una muerte que nunca imaginé encontrar. El me sonrió debajo de su carita chamuscada y acercó sus labios a los míos para besarme por última vez.

MI CHANCHITA

Tengo un chanchita que adoro. No hace mucho que la conozco; me enamoré de ella cuando la vi y en seguida comprendí que me querría. Tiene tres chanchitos: dos machos y una hembra, a quienes quiero como si fueran míos.

Esta chanchita tiene un cuero, un pelaje y un olor muy especiales. Las pezuñas están un poco gastadas de tanto andar, pero son bonitas. Camina con un paso muy curioso, moviendo con gracia las manos y haciendo con las patas un juego hacia adentro. Por ese motivo, a veces le digo chueca. Creo que si entendiera se enojaría conmigo, pues todas las hembras son coquetas.

Un dueño anterior, o algún acontecimiento adverso, la privaron de la cola. Pero también esa carencia la favorece, ya que aumenta así la gracia de su andar, un tanto saltarín.

Cuando saca a pasear a la prole los días de sol, se la ve muy maternal. Los lleva a comer flores amarillas, que tienen un sabor a miel delicioso. Luego se recuesta en el pasto y les da leche.

Un día supe que era libre. Entonces me la llevé junto con sus hijos. Compré un terreno en las afueras de la ciudad, lo cerqué y lo sembré con flores amarillas. Hace días que no como otra cosa que flores. Mis manos se están transformando en pezuñas; mis orejas se estiran y me crecen pelos por todo el cuerpo. Ayer caminé en cuatro patas, y con un *«hrro-hrro»*, le dije que la quería. Me contestó: *«hrro-hrro»* y estoy feliz.

ESTATUAS EN EL JARDIN

Ella le dijo que no por última vez, y luego se alejó hacia la casa. Una vez que entrara, no la volvería a ver. No quería entender el significado último de la respuesta, y se quedó inmóvil, de pie en el medio del jardín. Cuando finalmente comprendió que la perdía, la angustia reventó en su garganta. Se detuvo, sorprendida por el grito, y se volvió. Lo miró, ya con profundo desprecio, y le contestó con una carcajada, que se congeló a mitad de camino. Se acercaba en cuatro patas, mientras gemía y se babeaba. Quiso correr para entrar en la casa de una vez, pero el miedo la paralizó. Cuando llegó junto a ella, la tomó de los tobillos y le clavó una mirada suplicante. Luego, perforó la carne con sus manos ardientes, fundiendo los huesos. Ella gritó, traspasada por la rabia y el dolor. Después, todo quedó quieto en el jardín, mientras el calor los abandonaba.

La tarde cayó con reflejos dorados sobre el mármol de las nuevas estatuas.

PUNTO CERO

Definición: *Punto de inflexión o de equilibrio al que llega un cuerpo impulsado hacia arriba, contra la gravedad, antes de comenzar a caer, arrastrado por su propio peso.*

Cuando llegaron al sitio del lanzamiento, la red ya estaba ubicada sobre la plataforma. Alrededor de ella se había dispuesto una superficie erizada de filosas puntas. Y más allá, las tribunas colmadas de un público que comenzó a gritar y a gesticular en cuanto los subieron a la red. Ésta se tensó súbitamente, y luego comenzó a vibrar, a sacudirse, para impulsarlos hacia arriba como si fueran pelotas de goma. Al cabo de tres o cuatro saltos, la mayoría de los condenados ya había caído mortalmente fuera de la red, que entonces se asemejó a la superficie de un mar embravecido, y los sobrevivientes se elevaron más con cada nuevo salto.

En una de las tantas caídas, comprobaste que estabas solo. Boca abajo en el aire, pudiste observar con horror el sangriento espectáculo que ofrecían los cadáveres perforados de tus compañeros, mientras el público deliraba de entusiasmo. Sus gritos te ensordecieron cuando arribaste a la red una vez más. Casi inmediatamente, una tremenda sacudida te impulsó hacia arriba. Llegaste al punto cero y permaneciste un brevísimo instante suspendido en el aire. Entonces, arqueaste el cuerpo con todas tus fuerzas, decidido a continuar el salto. Para no volver a la red, seguirías hasta tu propio punto cero.

Avanzabas como antes, pero a mayor velocidad, hacia un cielo oscuro que variaba su color como presagiando una horrible tormenta. Abriste los brazos y las piernas y te dejaste ir, quieto, paralizado por el espanto, mientras el aire que te sostenía aullaba en tus oídos. Hasta que una luz brillante te deslumbró, emitida por esa multitud de aceradas puntas que ya penetraban en tu cuerpo, rápidas y definitivas.

EL LLAMADO DE LA PIEDRA

Abandonó todo: mujer, hijos, trabajos, casa, cuando sintió el llamado. Y fue, a pie, con lo puesto y una pequeña cantimplora para el agua. Tardaría más o menos un mes en llegar. Nada que fuera animal podría ocuparle el tiempo, por lo que se alimentó con raíces y fruta silvestre.

Llegó, buscó la pala y cavó una fosa. Luego enterró al esqueleto humano que yacía sobre la piedra. Cuando terminó, arrojó la pala hacia adelante y se sentó en el suelo. Ya sabía lo que tenía que hacer. Conocía hasta el último detalle. Vació la cantimplora y después hizo ejercicios para estirar los músculos. Se desvistió, dejó la ropa junto a la pala y finalmente se acercó a la piedra. Apoyó el hombro izquierdo en un hueco que se había formado con el transcurso del tiempo, mientras sostenía el brazo afirmado contra la áspera superficie. Entonces, estiró el brazo derecho hasta asir el borde de la piedra con la mano. Movió imperceptiblemente ambos brazos, para sentir su potencia. Extendió la pierna derecha que formó, junto con el tronco, una tangente a la piedra. Se afirmó en el suelo flexionando los dedos de los pies. La pierna izquierda, inclinada hacia adentro, señalaba la dirección que tomaría la fuerza total. Apoyó finalmente el lado izquierdo de la cara, y comenzó a contraerse. Los músculos de las piernas formaron monstruosos nudos. Los tendones de los pies parecían raíces penetrando en la tierra. Los muslos y las nalgas tardaron en contraerse. Ya ejercían la máxima tensión, cuando contrajo la pared abdominal, comprimiendo las vísceras. Respiró hondamente. Luego siguieron los brazos, los hombros y el pecho. Los primeros parecían relieves de la piedra que se prolongaban en su cuerpo. Los pectorales, asidos a las costillas, querían abrir el tórax.

Se endureció totalmente. Desde la nuca hasta los pies, los músculos continuaban una sola línea. La contracción aumentó la velocidad de la circulación de la sangre. El corazón latía con inusitada violencia. Entonces, de pronto, la piedra se movió. Medio centímetro; luego uno. Poco a poco fue avanzando hasta completar los dos metros de movimiento.

La piedra se detuvo cuando el elegido cayó muerto sobre ella. Había cumplido con el llamado. Como cumpliría en el próximo solsticio vernal el nuevo elegido. Como cumplirían todos los elegidos, hasta dar la vuelta del mundo arrastrando la piedra y enterrando sus esqueletos.

A LA MANERA DE NUÑEZ

Nuñez había llegado a una edad en la que nada debe postergarse. Era viudo desde casi treinta años atrás, luego de tres lustros de estéril (sin hijos) matrimonio. Desde entonces vivía solo, estaba solo, era solo. Y no era feliz. Con su permanente meditabundía y cabizbajeza -que poco favorecía la relación con sus congéneres-, afirmaba día a día la vigencia del aislamiento que lo rodeaba como una rígida corteza. Aislamiento que, por momentos, hasta le impedía respirar con normalidad. Entonces, suspiraba ruidosamente, boqueaba como un pez fuera del agua, abría las ventanas, se quitaba la corbata desprendiendo al mismo tiempo la camisa, y absorbía el aire con voracidad -aire que nunca calmaba esa sed casi insaciable-. Finalmente se derrumbaba en el viejo sillón de cuero con la cabeza hundida entre los hombros, las manos rodeándola para impedirle estallar, el mentón apretado contra el pecho con esas mandíbulas que triturarían al mundo entre sus dientes (si éstos no fueran tan frágiles y el planeta tuviera la consistencia de un huevo duro), y los pies allá abajo, flacos y nudosos, descalzos contra el piso de parquet, afirmados como dos ventosas, porque a través de la madera él quería recibir todo el aliento necesario para seguir viviendo.

Entretanto, las horas transcurrían iguales, en días que eran uno solo. Hasta los recuerdos, aquellos que lo emocionaran y entretuvieran tiempo atrás, se convirtieron en una sucesión de imágenes extrañas, casi grotescas. Persistía entonces, cubriendo sus necesidades orgánicas y entreteniéndose de vez en cuando con la página humorística o la crónica policial de los diarios, mientras la muerte rondaba, agazapaba, simulando indiferencia, esperando un descuido -como sería el hecho de entusiasmarse por algo y volver a sentirse vivo- para atraparlo.

Un día, sentado en un sillón de la compañía de seguros, cuando esperaba que lo llamaran por el altoparlante para pagar la cuota del seguro de su automóvil, decidió, por azar o por aburrimiento, prestarle atención al sector encargado de los siniestros. Entonces, sintió la puntada en el estómago, las cosquillas que le corrían por la espina dorsal hasta las piernas, el corazón que latía más rápido, coloreándole las mejillas y el dorso de su abundante nariz -ya prematuramente enrojecidas por las arañitas, producto de su inveterada costumbre del litro y pico diarios-, mientras sus sienes pulsaban al unísono, produciéndole «el todo» una suerte de agitación narcoléptica, mucho más agradable que el conocido sopor postalcohólico. Y Núñez sucumbió a ese extraño y sutil llamado. Se alejó de la compañía de seguros con paso lento pero firme, ensimismado en sus pensa-sentimientos. Por primera vez no dudaba de esa corriente dual, milagrosamente íntegra, ni le importaban las consecuencias que la nueva forma de ser le acarrearía.

Llegó a su departamento al anochecer. Preparó su habitual baño caliente silbando una conocida melodía. Hacía mucho tiempo que no salía de sus labios algo que tuviera relación con notas musicales. Sin asombrarse, se metió en la bañadera y continuó con otra canción, y después con otra, moviendo la cabeza. Con la cuarta ya dirigía la orquesta con ambas manos. Salió del baño reconfortado. Se vistió con lentitud, transformando la rutina de tapar su flaca desnudez, en un acto de elegante y masculina coquetería. Eligió ropas oscuras; los zapatos con suela de goma, el sobretodo negro y unos guantes de cabritilla para rematar la nocturna indumentaria. Buscó las herramientas necesarias y las guardó en un bolsillo del sobretodo. Después de un buen vaso de vino tinto, se preparó una cena frugal.

Hacia la medianoche salió del departamento y bajó en el ascensor como de costumbre. Saludó al portero quien, para no variar, leía con ojos soñolientos una novelita de vaqueros. Dobló hacia la derecha y caminó dos cuadras mirando atentamente hacia los costados. Ya no era un viejo cabizbajo y meditabundo que arrastraba los zapatos por la vereda contemplando las inmundicias de los vecinos humanos y caninos. Era nuevamente un hombre, algo más que maduro, pero un hombre al fin.

Llegó junto a su automóvil y se detuvo. Un estremecimiento ascendente lo recorrió desde las piernas cuando extrajo las pinzas del bolsillo. Se acercó a la puerta delantera derecha, se apoyó en ella y golpeó con fuerza al ventilete, que inmediatamente se astilló en infinitas partículas. El ruido lo asombró sin llegar a asustarlo, pero observó con ansiedad los extremos de la calle. Nadie a la vista. Entonces, con leves y repetidos golpes hizo saltar los vidrios hacia adentro, hasta producir un hueco en la ventanilla. Guardó las pinzas, metió la mano derecha entre los vidrios que restaban y quitó el seguro de la puerta. La emoción, que trepaba desde el vientre hasta el pecho, tiró hacia arriba para brotar con inusitado calor en el cuello y en las sienes. Respiraba el aire helado con dificultad. Sin perder tiempo, abrió la puerta y entró al automóvil con insólita rapidez. Se corrió hasta el asiento del volante, mientras extraía el manojo de llaves del bolsillo. Con gestos seguros y precisos hizo el contacto, dio arranque, colocó el cambio y salió.

Tomó por una avenida para alejarse del centro. A los veinte minutos, se desvió por una calle lateral, lo suficientemente oscura para sus planes. El vecindario parecía tranquilo. Enfiló el automóvil hacia el tronco de un árbol cercano al cordón de la vereda y lo estrelló contra él. El impacto lo asombró por segunda vez en la noche. Apagó las luces, quitó el contacto del motor y esperó, apoyando la frente sobre el volante. La emoción lo dominaba por completo, hasta el punto de que una cálida humedad se desprendió hacia las piernas, para llegar a los tobillos a una desagradablemente baja temperatura. Afuera no había señales de vida; el viento zumbaba y sacudía con intermitente violencia las copas de los árboles. Poco a poco se tranquilizó. Abrió la puerta con dificultad y salió del automóvil. El aire helado lo enfrió desde la entrepierna y terminó de despabilarse. Se alejó rápidamente hacia la avenida, donde tomó un colectivo casi vacío que regresaba al centro. Sentado en un asiento individual, escondía con el sobretodo la mancha de humedad del pantalón, mientras intentaba dormitar, arrullado por el monótono rugido del diesel que todo lo ocupaba.

Al día siguiente denunció el robo en la vecina comisaría. Ya habían encontrado su automóvil y acudió a un depósito para reconocerlo. Cumplido ese trámite, transportó el vehículo hasta la compañía de seguros con una grúa. Al llegar, se dirigió al sitio ya conocido, pidió un número y se dispuso a esperar su turno. A los pocos minutos, oyó que lo llamaba un más que aburrido empleado.

Sonriendo, Núñez caminó hasta el escritorio, corrió una silla y se sentó. Encendió un cigarrillo para disimular el temblor de las manos, pues odiaba que lo confundieran con un viejo parkinsoniano. Tras tomarle los datos personales, el empleado orientó el interrogatorio hacia el robo y posterior accidente de su automóvil. Entonces, Núñez comenzó a relatar lo que consideraba su interpretación de los hechos. Mientras hablaba, se restregaba las manos, ya empapadas de sudor. Un temblor irreprimible de los labios hacía indescifrable su disertación y el empleado hacía vanos esfuerzos orejiles para seguirlo, mientras tecleaba furiosamente la máquina de escribir y lo observaba de cuando en cuando con los ojos muy abiertos. La transpiración perlaba la frente de Núñez, para caer luego por su nariz, mojarle la boca, el mentón y llegar a goteo rápido hasta la camisa. Hizo un inútil ademán de contenerla con la corbata, mientras continuaba incont: eniblemente con el relato.

Al terminar, Núñez se relajó por completo. Deslizó las piernas por debajo del escritorio, tiró la cabeza para atrás y sus brazos colgaron a los costados de la silla, cuando una mancha de humedad se deslizaba por sus piernas hasta el suelo.

El empleado abrió mucho más los ojos y salió corriendo hacia las oficinas interiores. Al grito de «un médico, un médico», se abrió paso entre la muchedumbre de asegurados. De pronto, apareció un hombre que, identificándose como facultativo en el arte de curar, se ofreció con una voz clara, tranquila y algo autoritaria. Imperturbable, aproximó una oreja al costado de Núñez, le abrió un ojo con dedos expertos para observar la pupila, le colocó un cenicero de vidrio entre la boca y la nariz, y luego se levantó con lentitud, diríase que con el cansancio de muchos siglos, para enfrentar con la mirada al empleado y a la compañía en pleno que lo rodeaba a escasa distancia. Con suave tono de voz, diagnosticó el fallecimiento de Núñez, probablemente debido a una falla cardíaca, por demás natural a su edad. Ofreció sus servicios para llenar el certificado de defunción y, tras recomendar el pedido de una ambulancia, se retiró.

«De pronto, Núñez se dio cuenta de que no sentía su propio cuerpo como peso, recostado contra la silla. La falta de gravedad no le incomodó. Al contrario, ya que esa sensación de sutil ligereza liberaba sus pensa-sentimientos. Imperturbable, a través de sus leves impresiones sensoriales, comprobó que sus pies desaparecían. No se volvían invisibles; se quedaba sin pies. Mejor dicho, sus pies no habían existido nunca. Sin asombrarse, continuó percibiendo el placer que el acto de disolverse en la liviandad más absoluta le deparaba. Las piernas se le borraron desde los tobillos. Cuando la nada se apoderaba de los muslos, el éxtasis de la inminente desintegración le recorría sus contornos desde el vientre hasta la cabeza, creando un impreciso límite con la nada».

«Cuando perdió la cintura en esa marea ascendente de inexistencia, sus manos dejaron de prolongar los brazos, que ya se disolvían hacia los inapreciables bordes de los hombros».

«Era sólo un busto cuando sus ojos brillaron

con singular intensidad: Habían percibido la proximidad de la nada absoluta. Sintió algo parecido al deseo de cerrar los párpados, pero ya toda su cara desaparecía. Y el cuello era un recuerdo en el instante que, con un súbito fulgor, su cabeza se disolvió como la minúscula brasita que desciende por la mecha de una vela recién apagada».

Ni el empleado de la compañía de seguros, ni el médico, repararon en la serena y extática sonrisa que dibujaban los labios del muerto. Nadie percibió la beatitud con que Núñez desapareció a través de su carnal envoltura.

La pálida belleza de su rostro, ya sin arrugas, fue el único indicio que quedó como prueba de esa particular y exquisita disolución. Pero nadie llegó a darse cuenta de ello. Nadie.

ENCUENTRO

El muro que los separaba era lo suficientemente grueso para que ninguno de los dos, independien-
temente, pudiera atraversarlo con el cuerpo.

Se arrojaron simultáneamente contra el muro
con la esperanza de coincidir y encontrarse en el medio.

LA ESPECIE EQUIVOCADA

Hay una especie de animales muy extraña sobre la tierra, Nacen y crecen desamparados. Viven y mueren disconformes, descontentos. A pesar de ser esencialmente salvajes, adoptan costumbres pacíficas para convivir. Pero sobreviven los más feroces, los que no se adaptan ni se acostumbran a nada. Representan la manifestación más irónica de la Naturaleza ante la ley de la evolución de las especies.

Darwin opinaría que al actuar irónicamente, la Naturaleza comenzó a suicidarse. Entonces hubo un error, y la especie equivocada es parte de una ironía mayor que condenó a la Naturaleza ya antes de su aparición en la superficie terrestre.

LA ULTIMA RESPUESTA

Las piedras del desierto le transmitirían su sabiduría y encontraría las respuestas a las preguntas que atribulaban su torturada mente. Caminó desnudo sobre las piedras, que le destrozaban los pies, y bajo un ardiente sol que le llagaba la piel. Al aproximarse al límite de sus fuerzas, se detuvo, y entonces surgió la demanda, espontánea e incontenible.

—¿Por qué los hombres somos aún seres imperfectos?

Una y otra vez brotó de sus labios resquebrajados y ardientes la misma pregunta, mientras el paisaje le devolvía un brillo y una quietud deslumbrantes.

—Los hombres no son seres perfectos porque aun se mueven; porque no tienen la inmovilidad de la piedra— escuchó al cerrar los ojos.

—Entonces... ¿por qué o para qué se mueven?— interrogó ya al borde mismo del final.

—Se mueven para buscar la perfección que les falta a causa de que se mueven.

Al comprender esto, emitió un suspiro, cayó de bruces sobre las piedras y dejó de respirar. Las aves de rapiña y los gusanos se ocuparían pronto de su carne y de sus vísceras. Pero el esqueleto quedaría junto a las piedras, participando, junto a todo lo inanimado y mineral de desierto, del sentido de la última respuesta.

LA GOTA MINUSCULA

Era todavía un niño cuando descubrió que el amor, cuando florece, se recoge, se aprieta y se reduce, hasta convertirse en una minúscula gota, la más pura esencia de sí mismo.

Creció; se convirtió en un hombre. Y se enamoró. Entonces, se sintió pequeño, ínfimo. Pero antes de reducirse, compartió el secreto con su amada. Estaban unidos todavía cuando la noche los envolvió y cayeron sobre el pasto como gotas de rocío.

La luz del nuevo día los encontró protegidos de los rayos solares por la sombra de un árbol. Cuando llegó el mediodía, el sol cayó sobre ellos con toda la fuerza de su hora vertical. Y partieron, luz en la luz, hacia el espacio ilimitado, convertidos en un instante sin principio ni fin.

Indice

Noticias del Autor:

Alberto Campos Carlés nació en Buenos Aires (Argentina) en 1943. Se graduó de médico y se especializó en Pediatría. Casado, tiene tres hijos; vive y ejerce la profesión en Gral. Rodríguez, Provincia de Buenos Aires. Comenzó a escribir cuentos y relatos siendo estudiante, y tuvo en Silvina Ocampo una valiosa orientación en la materia. Con aguda observación, ella le diría: "Te creo capaz de lo mejor y de lo peor. Espero lo mejor de vos: lo más original, que es lo mejor." Y a fines de los sesenta le auguraría: "Vas a ser un gran escritor, si persistís".

En el año 1976 A.C.C. presenta un conjunto de cuentos al concurso del Fondo Nacional de las Artes, recibiendo en el mismo una Mención Honorífica. En ese mismo año, a solicitud de Bioy Casares, el Suplemento Literario del diario La Nación publica *El reloj* y más adelante *Desde la cárcel*, cuentos incluidos en este volumen. En el mismo Suplemento Literario, años después (1996), Ángel Mazzei titula: "Ecos de Kafka en una obra", a su comentario de la primera edición de **Tú you toi**, y hace referencia a la "capacidad de observación y análisis del profesional médico como sustento ideal para el desarrollo literario, que se comprueba en el presente libro".

El autor continúa con su labor literaria, y en el 2001 nos entrega **12 cuentos de Golf**, un curioso volumen de cuentos relacionados con este deporte, ilustrado por Dalfiume. Y este año vuelve a sorprender a sus lectores con otro libro de cuentos denominado **1926 Primera Edición**, encabezados por el relato que titula al libro, y que constituye un llamativo experimento literario basado en el Don Segundo Sombra, la conocida novela de Ricardo Güiraldes.(*)

(*) Estos dos últimos libros estarán disponibles próximamente por este mismo medio.

This edition published by arrangement with
the Author through stockcero.com

For information address:
stockcero. com
Viamonte 1592 C1055ABD
Buenos Aires Argentina
54 11 4372 9322

stockcero@stockcero. com

www.ingramcontent.com/pod-product-compliance
Lightning Source LLC
Chambersburg PA
CBHW060401030726
47497CB00003B/803